いかがわしくも愛おしい

Sachi Umino
海野幸

CHARADE BUNKO

Illustration

篠崎マイ

CONTENTS

いかがわしくも愛おしい ―― 7

あとがき ―― 252

ブラインドの下がった窓を背に、眼光の鋭い男が机に着いている。

その前で譲《ゆずる》はパイプ椅子《いす》に腰かけ、もう十分近くひとりで喋《しゃべ》り続けていた。

ときどき譲の言葉が空回ると、男は無言で眉根《まゆね》を寄せる。そのたび背中を冷や汗が伝い、刃物を持った誘拐犯の前で命乞《いのちご》いをする人質は果たしてこんな気分かと唾《つば》を飲んだ。

六畳ほどの部屋には驚くほど物がない。男が座る椅子と長机がひとつ、それから譲が腰かけるパイプ椅子がひとつあるばかりだ。室内には二人だけで、カレンダーも掛け時計もない真っ白な壁に、譲の上ずった声が跳ね返っては力なく落ちる。

男は机に肘《ひじ》をつき、組んだ両手を口元に当てて身じろぎもしない。ジーンズにトレーナーというシンプルな服装で、少し伸びた髪が目にかかっている。ファッションというより、多忙を極めて髪を切りに行く暇もない、といった雰囲気か。大柄で無骨なせいか、野性味のある無造作な髪形が似合っている。

対する譲はリクルートスーツだ。髪も清潔に整え、優しげな面立ちにはどことなく品も漂っているが、さすがに今は緊張で頬《ほお》が強張《こわば》り顔色が悪い。

譲は今、企業面接の真っ最中だった。

目の前の面接官がやたらとラフな服装をしている理由はまるで見当がつかないが、イベント企画会社という華やかな現場ではよくあることなのかもしれない。とはいえ、素足に健康サンダルを履いた面接官に出迎えられた譲の動揺は激しかった。すでに五十社以上の企業面接を受けてきたが、ここまで自宅と会社の境界線が曖昧《あいまい》な社員は初めてだ。しかもその男は社長の新開《しんかい》だと名乗り、せいぜい三十代半ばと思《おぼ》しきその若さにも驚いた。

動揺も鎮められないまま面接が始まり、まず新開は、譲が専攻した社会学について質問してきた。恐らく時候の挨拶《あいさつ》程度の軽いノリで尋ねてきたのだろう。だが。

「つまり、社会学は扱う内容が社会に関する森羅万象に及んでおり、それはどういうことかといいますと、人間ひとりから社会システム全体に至るまで、非常に広い範囲で……」

かれこれ譲は、十分近く社会学の説明に費やしている。新開の表情が芳《かんば》しくないので言葉を噛《か》み砕いているつもりなのだが、むしろ難解なトッピングをしている気がしないでもない。額に脂汗《あぶらあせ》を浮かべて軌道修正を図るも上手くいかず、新開の表情も険しいままだ。

「つまりですね……つまり、内容が多岐に及びすぎたがゆえに、社会学というディシプリン内部での対話の共通基盤が失われてしまったわけで……」

譲の顔が歪《ゆが》む。もういっそ話を止めてくれないだろうかと項垂《うなだ》れたとき、新開がのっそりと顔を上げた。

「プリン……？」

長く喋り倒していた譲は、動かしっぱなしだった口を閉じて喉《のど》を上下させた。軽く息が乱れている。一拍遅れ、自分の言葉が広く一般的に知られていないことに気がついた。

「ディシプリン、というのは、専門分野、という意味です……」

「……そうか、悪い。ちょうど昼にプリンを食ったんだ」

譲は返事をしようと口を開くが、結局声は出ない。この人がプリンを、と思ったら、唐突に肩の力が抜けた。

座っているとわかりにくいが、新開は非常に背が高い。譲も百七十センチと標準的な身長だが、隣に立つと新開の肩の辺りに頭が来る。軽く百八十はあるだろうか。

恵まれた体格に加え、目元が鋭く、鼻も顎《あご》も鋭角的な新開は、無言で見据えられると落ち着きを失うほどの威圧感がある。そんな男が、プリンを食すとは。

「……容器をひっくり返して、ぷっちん、とする、あれですか？」

長々と喋って酸欠気味になっていたせいか、言語中枢を通さず言葉が口から転げ落ちた。

新開は何か考え込むように口を閉ざし、譲も己の言葉を反芻《はんすう》して、内容のどうでもよさに気が遠くなった。面接官に対する最初の質問がこれか。

落ちた、と遠い目で思っていると、向かいで新開がゆるりと腕を組んだ。

「そういえば、ぷっちんするやつだったな。でも皿がなくてそのまま食った」

長身に見合う低く落ち着いた声で「ぷっちんする」などと言われ、譲はますます遠い目になる。就職活動を始めて一年以上になるが、こんなにも益体もない面接は初めてだ。

（それともこんな時期に面接に来る学生なんて、端《はな》から相手にされてないのか……）

自分をまだ学生と称していいのかも謎《なぞ》だ。大学の卒業式は数週間前に終わっている。ギリギリまだ三月だが、すでに就職浪人と呼ばれるのかもしれない。

「難しい話はこれくらいにしておくか。熱心に語ってもらったのに申し訳ないが、学がないもんで半分も意味がわからなかった」

「そ、それは、大変申し訳ありませんでした。説明が、その、不慣れでして……」

慌てて下げた頭を再び上げると、新開が机の向こうからじっとこちらを見ていた。譲がこちらを向くのを待っていたようなタイミングで、静かに首を横に振る。

「お前が真面目《まじめ》で優秀な生徒だったことはよくわかった。俺なんて映像科を卒業してるが、同じ質問をされたとしても『映像の勉強をしました』としか言えないからな」

そう言って、新開はわずかに目元を緩めた。

大きな体や鋭い眼光が際立ち、一見したところ近寄りがたいと感じた新開だが、笑うと途端におおらかさが滲《にじ》み出て譲は目を瞬《まばた》かせる。次いで、手放しに褒められたことに照れ臭さを感じ、自身の爪先《つまさき》に視線を落とした。

これまでの面接では、「声が小さい」とか「要点をまとめるように」とか、相手に諫《いさ》められることはあれ、褒められたことなど一度もなかった。

「……そんな優秀な学生が、どうしてうちに来たんだかな」

ぼそりと呟《つぶや》かれ顔を上げると、新開が真剣な顔で譲の履歴書に目を通していた。しばらくじっくりと紙面を見詰めてから、新開はやおら顔を上げる。

「会社に入って、実際にやる仕事が思っていたものと違ったらどうする」

視線と声は、譲めがけて真《ま》っ直《す》ぐに飛んでくる。どちらも物理的な重さなどないはずなのに、心臓に直接何かをぶつけられたような衝撃を受けて返答が遅れた。これまでの面接官たちの態度はどこかおざなりで、質問も形式的なものが多かったが、新開の視線はぐっと相手の胸倉を摑《つか》むような強さがあって、うろたえる。

今も新開は視線も逸《そ》らさず返答を待っていて、譲はぎこちなく居住まいを正した。

「お、驚くと思います……」

「……で？」

で、と譲は間抜けに繰り返す。アルバイトもしたことのない譲には会社の業務内容を想像することからして難しい。理想と現実の間にギャップの生まれようがない気もしたが、それでも必死で考えた。

「……どんな内容にしろ、初めてやることには違いないので、頑張ります」

自分の本音に可能な限り手を伸ばした。元々自分を偽ったり繕ったりするのは苦手だ。

新開はしばらく黙り、譲の言葉というより、態度や視線、声の調子などを丸ごと見極めたような態度で頷《うなず》くと、手にしていた履歴書を机に置いて席を立った。

「だったら来週から来い」

いきなり高いところへ行ってしまった新開の顔を見上げ、譲は口を半開きにする。その間に、新開は自身が座っていたパイプ椅子をたたんで机に引き上げた。

「四月の一日から出社した方が給料の計算も楽だろう。来週の月曜からだな」

「あの、今日……三月の、二十八日ですが……」

来週の月曜まで一週間もない。新開は、そうだな、と頷いて、譲にも立つよう促した。

「うちは毎週月曜に企画会議がある。お前もなんでもいいから一本企画持ってこい。うちのホームページでも見れば大体の傾向はわかるだろう。簡単なもんでいいぞ」

ふらふらと譲が立つのを待ち、新開は譲の椅子もたたんで机の上に置いた。

パイプ椅子二つを載せた机を造作もなく持ち上げて部屋の隅へ運ぶ新開の背を、譲は呆然《ぼうぜん》と見送る。視線に気づいたのか、振り返った新開が目にかかる前髪を後ろにかき上げた。

「急《せ》かすようで悪いんだが、この後ここで撮影が入ってる」

「あ……っ、それは、お忙しいときにお時間いただき、ありがとうございました。それで、来週、ですが……」

「ああ、来週からよろしく頼む」

ぎくしゃくと頷いたもののまだ半信半疑の譲を見て、新開は歯切れよく言った。

「採用決定だ」

その後、どうやって会社を出たのかよく覚えていない。

人混みを縫ってふらふらと駅に向かったのは朧《おぼろ》に覚えている。我に返ったのは、自宅の最《も》寄《よ》り駅に向かう電車の中だ。遅れて足が震えだし、電車がカーブするたび右に左によろめきつつも、譲は携帯で両親に内定をもらった連絡をした。

自宅にいる母親はすぐに、『譲の正直さが人事の方に伝わったようで何よりです』と返信してきた。普段から「人間正直が一番」を信条にしている母親らしい内容だ。

遅れて仕事中の父親からも返信があった。『内定をもらえたのはゴールではなくスタートです。これからも人の三倍努力するように。ともかく、まずはおめでとう』という父らしい堅い文面に頬が緩む。

帰宅すると、譲は母親への詳しい報告もそこそこに自室へ駆け込んでパソコンを立ち上げた。月曜には企画会議があり、自分も企画を出さなければいけない。新開はホームページを見れば傾向がわかるだろうと言っていた。

検索サイトに社名である『ジャストエンターテインメント』と打ち込んで、現れた会社のホームページをクリックする。一瞬でページが切り替わり、画面に『貴方《あなた》は十八歳以上ですか?』の文字が現れた。

唐突に画面の向こうから年齢を問われ、面食らったものの譲は『はい』をクリックする。

その質問になんの意味があるのか、答えを見いだせないままページが切り替わった。そしてその先には、譲の知らない世界があった。

画面の中に、浅黒い肌の筋肉質な青年がいる。オイルを塗ったような肌に荒縄を食い込ませ、ビキニパンツ一枚という姿で苦悶《くもん》の表情を浮かべていた。

(……企業のホームページに、なぜ荒縄で縛られた男性が)

何かの犯罪が勃発しているのかと思った。それくらい、性ビジネスに対する譲の知識は浅かった。むしろ皆無に近いと言ってもいい。

男性の背後に躍る『アニキ、もう許して……』という文章を前に、譲は宇宙の深淵《しんえん》でも覗《のぞ》き込んでしまったかのような顔で、ゆるゆるとディスプレイに顔を近づけることしかできなかったのだった。


新宿から電車で十五分という、都心に近い場所にジャストエンターテインメントはある。最寄り駅から少し歩くものの、徒歩で通うのに不都合はない。駅は近年改築されたばかりで広々としているが、少し離れると狭い路地に小さなビルが密集する薄暗い地区になる。

高い建物に日を遮られ、昼でもぼんやり道路が湿った一角に建つ細長い雑居ビル。会社ではそのワンフロアを貸し切っていた。フロアには、机を四つも並べれば一杯になってしまう事務所とスタジオ、編集室と倉庫が廊下を挟んで田の字型に配置されている。

四月一日、譲はリクルートスーツで初出社した。万全を期して定刻前に出社したものの、すでに譲以外の全社員が揃《そろ》っていた。新人が最後になってしまったと慌てたが、聞けば前日から皆泊まり込んでいたらしい。

始業時間を迎えるや、譲の紹介もそこそこに事務所で企画会議が始まった。

「この前の緊縛もの、結構調子よかったんだろ？　股《また》の間に牡丹《ぼたん》の花挟んだあれ。ギャグになるかと思ったら、わかんないもんだなぁ！」

口元に髭《ひげ》を生やした、熊のように大柄な男が豪快に笑う。大きな声はびりびりと壁を震わせるほどだ。丸太のように太い腕を組み、この寒いのに半袖《はんそで》で、見た目からして熱量が高い。

「近親相姦《そうかん》ってシチュがよかったんじゃないですか？　まあ、義理の父親設定だから血は繋《つな》がってませんけど。本物の親子だったらもっと反響あったと思いますよ、僕は。設定だけじゃなくて、実際血の繋がりのある……」

くぐもった声で不穏なことを言うのは、斜向《はすむ》かいに座る長髪の男だ。黒いシャツに黒いパンツを履いて、靴まで黒い。周囲から「本物は無理だ」の声が上がると、黒尽くめの男は分厚い眼鏡《めがね》を神経質そうな仕草で押し上げた。

「僕はリアリティを追求したいんです」

「本物の親子はさすがにエグイですよ。それより俺は団地ものをシリーズ化したいです」

今度は大分若い印象を受ける青年が明るくハキハキと言葉を挟んできた。

「マンションとかじゃなくて、昔ながらの団地で行われるいかがわしい行為に激しく惹《ひ》かれます。タイルにひびの入ったお風呂場とかいいですよね。曇ったシンクの台所とか」

「大場《おおば》の団地に対する執着はどこから湧《わ》いてくんの？　昔団地でなんかあったの？」

「そういう熊田さんは緊縛しか提案しないいじゃないですか」

「そりゃ荒縄が食い込む筋肉に勝るもんなんてあるわけないだろ」

事務机が並ぶ事務所で、日常生活ではあまり耳にしない単語がごく自然に飛び交う。

机は左右の壁に向かってべたづけにされ、部屋の中央にスペースが空いている。そこに椅子を並べて円になり、部屋の奥に置かれたホワイトボードを睨《にら》みながら企画を出し合うのがこの会社の会議風景らしい。誰ひとりメモを取る者はおらず、ホワイトボードの前に座った新開が気まぐれに単語を拾って書き留めるくらいの緩い会議だ。ちなみに現在ホワイトボードには、『緊縛』『団地』『ガチ親子』などの文字が並んでいる。

譲を含めこの場に並んだ五人が、ジャストエンターテインメントの全社員だ。

まず、SM推しの髭を生やした大男がカメラマンの熊田《くまだ》。年は四十代といったところで、社内の最年長と見受けられた。

本物の親子、などと危険なことを口走るのは根岸《ねぎし》。肩まである髪を後ろで一本に縛って、終始眼鏡を押し上げている。年は譲より少し上だろうか。

団地にやたらとこだわっているのは大場という青年で、彼は卑猥《ひわい》な話をしていてもなぜか屈託なく見える。ジーンズに柄物のシャツなど着ているせいか随分若く見えると思ったらまだ二十歳《はたち》だそうで、高校卒業と同時にバイトとしてこの会社に入ったらしい。現在は正社員で、譲より年下ながら会社の序列は先輩だ。

そして会議を言葉少なに見守っているのが社長の新開。熊田より年下だが、根岸より年上、といった風貌《ふうぼう》はやはり三十代半ばくらいだろうか。熊田に「緊縛やろうよ」と言われては「この前やったばっかりでしょうよ」と答え、大場に「じゃあ団地どうですか」と問われれば「近場の団地は軒並み断られた」と返し、根岸に「本物の親子の絡みが見たいです」と訴えられれば「お前以外に需要があるのかそれは」と切って捨て、司会進行というより突っ込み役に徹している。

一通り意見が出ると、新開は隣に座る譲に顔を向けた。

「桐ケ谷《きりがや》、お前は何かアイデアないのか?」

室内にいた全員の視線が譲へ集中する。新開の大きな体に隠れるように座に加わっていた譲はビクッと身を竦《すく》ませたものの、足元に置いた鞄《かばん》からすぐに書類の束を取り出した。

「え、何それ!　そんなに一杯企画考えてきたわけ?」

真っ先に食いついてきたのは年若い大場だ。譲は気圧《けお》されつつも首を横に振る。

「い、いえ……前回社長に何か企画を考えてくるよう言われたので、ひとつだけ……」

「それにしちゃ随分厚いな？」

譲の持つ資料を見て訝《いぶか》しげな顔をするのはカメラマンの熊田だ。編集担当だという根岸は、値踏みするような目で譲を見て何も言わない。

「見せてみろ」

新開に促され、譲は卒業証書の授与でもするようにそろそろと両手で書類を渡した。

A４用紙の右肩をクリップで止めた資料に、新開は素早く目を通す。周囲の人間も興味津々《しんしん》だ。弥《いや》が上《うえ》にも、譲の緊張は高まっていく。

資料を最後までめくった新開は、ふむ、とひとつ頷くと、おもむろに資料を筒状に丸めた。と思ったら、それがすぱーんと小気味よく譲の後頭部をはたく。

「恋人同士の両家の確執が延々続いた上に、ラスト近くでようやく一回濡れ場があって、最後は女が病死するって、どこの純文学だ」

はたかれた痛みこそなかったものの、後頭部から唐突に風が吹いてきたようで譲は目を瞬かせる。そんな二人のやりとりを見て、熊田がブハッと噴き出した。

「おま、それは……っ、それは純文学だわ！　ヒロイン病死って……！」

「なかなかない発想だよねー。ＡＶで人が死ぬってのも珍しいし」

笑いすぎてむせる熊田の横では、大場が感心したような顔をしている。「そもそもうちが作ってるのはゲイビデオだよ」とぼやくのは根岸だ。

今さら説明するまでもないが、ジャストエンターテインメントはＡＶの制作会社だ。設立当初はいわゆる一般的なＡＶを撮っていたらしいが、途中で宗旨替えをして、根岸の言う通り今はゲイビデオを専門に扱っている。

とりあえず場違いなものを出したことだけは自覚して、譲は弱り顔で頭を下げた。

「すみません、企画ってもっと大枠なものだったんですね……」

「いや、謝るな。まさかこんなきちんとした脚本みたいなもん持ってくるとは思わなくて、こっちも動転した……」

気を取り直したようにこちらへ向き直った新開に、譲はもう一度頭を下げた。

「ＡＶ自体観《み》たことがなかったので、どんな展開が一般的なのかわからなくて……」

それまで腹を抱えて大笑いしていた熊田が、ぴたりと口を閉ざした。大場も驚いた表情で黙り込み、根岸も口を真一文字に引き結ぶ。

会議が始まってから終始賑《にぎ》やかだった室内が、水を打ったように静まり返る。

自らアダルト業界に対する無知を露呈してしまったことに気づいた譲も、青い顔で口を噤《つぐ》む。膠着《こうちゃく》した室内の空気が重い。息をするのもためらって極限まで身を小さくしていると、ぱすん、と気の抜けた音がした。

「だったら、今から勉強しろ」

新開が丸めた資料で譲の頭を軽くはたく。

ＡＶ未経験の譲に皆が驚嘆を隠せない中、新開だけは驚くでもなければ失望するでもなく、むしろ端から承知していたような顔で大場を呼びつけた。

「大場、昔うちで撮ったＡＶ何本かこいつに見せてやってくれ。ゲイビじゃないやつな。倉庫にＤＶＤプレイヤーあるだろ」

大場は心得たとばかり頷くと、身軽に立ち上がって譲を手招きする。その後について部屋を出た譲は、扉が閉まる直前聞いてしまう。地声の大きな熊田が、本人としては潜《ひそ》めたらしい声で新開に向かって尋ねるのを。

「……なんであんなのうちに来たの？」

新開の返答を聞く前に背後で扉が閉まり、譲は力なく項垂れた。熊田の疑問はもっともだ。ＡＶを観たこともないのにＡＶ製作会社に入社するなんて無謀と言わざるを得ない。

もしかすると新開も表情に出さなかっただけで、自分を採用したことを後悔しているかもしれない。気落ちした顔で歩いていると、前を歩く大場がからりと明るい声を出した。

「熊さんの声でかいから、内緒話になんないよね。でもあの人、悪い人じゃないからさ」

くまさん、なんて可愛《かわい》らしい単語が出てきたと思ったら、熊田のことを言っているらしい。年上の譲にも物怖《ものお》じせず敬語抜きで話しかけてくる大場だが、非礼さよりも親しみやすさが先に伝わってくるのは人徳だろうか。

「でも本当に、なんでＡＶも観たことないのにうちに来たわけ？」

大場は段ボールや機材が乱雑に並ぶ倉庫に入ると、部屋の隅からパイプ椅子を引っ張り出して譲に勧める。段ボールを漁《あさ》る大場の背に、譲もぽつりぽつりと答えを返した。てっとり早く言ってしまえば、勘違いだった。

卒業式を迎えても就職先の決まらなかった譲は、日夜必死になって就職先を探していた。元々与えられた場所で精一杯頑張ろうという性格なので業種に強いこだわりもなく、食品、衣料、薬品、不動産と、業種も多岐にわたった。

イベント企画会社もそのひとつで、企業のPRや公共イベントなどに携わる仕事と知り、興味を持って五社ほどいっぺんに連絡をとった。その中に含まれていたのが、ジャストエンターテインメントだ。

他の四社が野外イベントや企業PRを扱う一般的な会社だったので、その中に紛れてうっかりAVの制作会社であることを見逃したらしい。

「でもさ、AV作ってるってわかった時点で辞退とか考えなかった？」

それはもちろん考えたが、内定をもらった時点で三月は終わりかけていた。四月以降の就職活動がさらに難しくなるのは目に見えている。しかし一番の理由は、新開だ。

「新開さんの会社で働いてみたい、と思ったんです」

面接早々社会学に関する暴走トークを繰り広げた譲に、社長の新開は黙って耳を傾けてくれた。そして、どう考えても「如才ない」とか「要領がいい」という言葉からかけ離れた自分を即決で採用してくれた。その気持ちに、誠意をもって応《こた》えたい、と思ったのだ。

自身の膝頭《ひざがしら》を見ながら訥々《とつとつ》と語っていた譲は、室内が随分静かなことに気づいて顔を上げる。見遣った先では大場がじっとこちらを見ていて、譲と目が合うとにっこりと笑った。

「そうだね。うちの社長はいい社長だよ」

そう言って、小さな画面がついたDVDプレイヤーとDVDの束を譲に手渡してきた。

「これ、うちの会社でまだ普通のAV作ってた頃のやつ。まずはこっちで耐性つけてみて」

「あ、ありがとうございます……」

深々と頭を下げる譲に、大場はくすぐったそうな顔で肩を竦めてみせる。

「まあ何事も勉強勉強。こういう仕事もすぐ慣れるよ。あ、トイレは部屋出て左ね」

ごゆっくり、と手を振って大場が部屋から出ていく。

譲は張り詰めた気持ちを逃がすように大きく息を吐いて、手の中のDVDに視線を落とした。どれもこれも、半裸や全裸の女性が扇情的なポーズをとっているパッケージばかりだ。

(……あ、団地妻)

これは大場のお勧めだろうかと思いながら、譲は団地妻のDVDをそっとプレイヤーに押し込んだ。

昼までに、オープニングからエンディングまで、きっちり二本のDVDを観た。

生まれて初めて観るAVは衝撃的で、特に製作現場で観ると、女優がどんなことを思い、スタッフはどんな面持ちでそれを撮るのかにばかり考えが行ってしまい、性的に興奮など生まれようがない。

そうでなくとも朝見た社員たちの顔が頭にちらつき、一向に集中できなかった。特に熊田と根岸の反応が気になる。業界に疎い素人《しろうと》だからと邪魔者扱いされるのは辛《つら》い。

午後も性的興奮とは程遠い気分でＤＶＤを観ていた譲だが、思いついて鞄の中からノートを取り出した。仕事の手順などを書き留めるつもりだったそれに、作品の丁寧な感想を書いていく。今日から給料は発生するのだろうし、漫然とＤＶＤを観ているだけでは仕事にならないと思ったからだ。

最終的に五本のＤＶＤを鑑賞し、それぞれの詳細な感想を書き終える頃には夜の九時を過ぎていた。

思えば昼食時に新開が声をかけてくれた以外は誰もこの部屋を訪れていない。こちらから事務所へ行くべきか迷っていたら、廊下からバタバタと慌ただしい足音が近づいてきた。

「悪い桐ケ谷、今の今まで声もかけずに」

足音も荒く室内に飛び込んできたのは新開だ。どうやら昼に声をかけたきり譲の存在を失念していたらしい。譲もパイプ椅子から立ち上がる。

どうだった、と新開に問われ、譲は恐る恐るノートを差し出した。

「一応、それぞれの感想をまとめてみたんですが……」

新開は虚を衝《つ》かれたような顔でノートを受け取ると、すぐさまぱらぱらとページをめくり始めた。その顔を見上げ、譲は重たい口を開く。

「あの……他の社員の方々は、あの後大丈夫でしたか……？」

「ん？　あの後ってのは？」

「会議の後、ＡＶを見たこともない素人に抵抗を示された方もいたのでは……」

ノートに目を落としていた新開がこちらを見た。譲が心許《こころもと》ない顔をしていることに気づいたらしく、眉《まゆ》を上げる。

「青い顔してると思ったら、そんな心配してたのか？」

「……はい」

「だったら黙って考え込んでないで、すぐ俺に言え」

これからも、と続きそうな新開の言葉に譲は目を瞬かせる。即日解雇もあり得るのでは、と一日中暗い倉庫で考え込んでいたのが、唐突に腕を引かれて強い日差しの下に引っ張り出されたような気分になった。

新開は続けて何か言おうとしたようだが、それは廊下で響いた大きな声にかき消された。

「社長！　何してんだ、遅れるぞ！」

壁を震わせるほどの大音量とともに騒々しく現れたのは熊田だ。「早く！」と急きたてられ、新開がノートと口をいっぺんに閉じる。

新開が何を言おうとしていたのか気になってその横顔を見上げていると、視線に気づいたのか新開が小さく笑った。

「さっきの質問の答えは、俺からじゃなくて本人たちから聞いた方がいいな」

すぐ教えてくれる、と言い足して、新開が譲を手招きする。

わけもわからないまま廊下に出ると、そこには熊田だけでなく大場と根岸の姿もあった。しかも全員すっかり帰り支度を整えている。

譲も皆に急かされ帰り支度をして、連れられてきたのは駅前の居酒屋だ。事前に予約でもしてあったのか一行は座敷の個室に通されて、全員が席に着くなり熊田が声を張った。

「それでは、これより新入社員の歓迎会を始めたいと思います！」

思わぬ号令に譲は目を丸くする。よく見れば自分が座っているのは上座で、失態に気づいて下座へ移動しようとすると、隣に座った新開に肩を摑まれた。

「今日の主役がどこ行くつもりだ」

「し、主役って、僕ですか？」

自分で自分を指差したら、新開の向こう隣に座る熊田が身を乗り出してきた。

「他に新入社員なんていないだろ？　この忙しいときによくぞ来てくれた！」

そう言って、熊田は髭の生えた厳《いか》つい顔に満面の笑みを浮かべた。

熊田に「なんであんなのうちに来たの？」と言われたのが耳から離れなかった譲は、肩透かしを食らった気分で気の抜けた声を上げた。

「……歓迎してくれるんですか、素人なのに」

「当たり前だろ！　ＡＶも観たことないのになんでうちに来たのかは知らんが、知識なんぞなくても機材は運べる」

あっけらかんとした熊田の言い《い》種《ぐさ》に、譲は掠《かす》れた声で返事をする。どうやら朝の一言は嫌味でもなんでもなく、純粋な疑問をそのまま口にしただけだったらしい。

「それで、初めてのＡＶ観賞はどうだった？　興奮した？」

早速店員にビールを注文した大場が、テーブルの向かいから身を乗り出してきた。譲が曖昧に首を捻《ひね》れば、すぐに熊田が陽気に割り込んでくる。

「隠すな隠すな、何回抜いた？」

困惑する譲を見かねたのか、こら、と新開が間に入ってくれホッとしたのも束《つか》の間《ま》。

「初出社なのに会社で堂々と抜けるわけないだろ」

新開にまで見当違いなフォローをされてしまい、譲は眩暈《めまい》を覚えた。

「ち、違うんです……その……そういう気分になれなかったというか……」

「えっ、良作ばっかり集めたのに？　まさか桐ちゃん、ＥＤ？」

桐ちゃん、と学生時代も呼ばれたことのない呼称で大場に名を呼ばれ、反応が遅れた。傍《はた》目《め》には図星を指されて言葉を詰まらせたように見えたらしく、ああー、と溜息《ためいき》のような声が座敷に満ちる。

「それじゃ仕方ないとしても……童貞でＥＤとは難儀だなぁ」

譲の態度が物慣れないせいか、譲を童貞と確信したふうに熊田が首を振る。

実際女性とつき合ったことすらない譲は、とっさに否定の言葉を口にすることができない。まだ会って間もない人たちの前で、童貞ですがＥＤではありません、と滑舌《かつぜつ》よく宣言するのも度胸がいる。

大場も同情した顔で頷くが、その隣に座る根岸だけが笑いもせずじっと譲を見たままだ。

思えば朝の会議でも根岸は終始仏頂面だった。この人にこそ歓迎されていないのでは、と譲が身を固くしていると、根岸がぼそりと呟いた。

「……ゲイビだったらいけるかもよ？」

店内の喧騒《けんそう》に紛れてしまうくらい小さな声だったので、思わず譲は身を乗り出す。根岸もゆっくりと上体を前に倒し、さらに潜めた声で呟いた。

「ゲイビは奥が深い。知らないのならますます教えがいがある。君に人生の楽しみを教えてあげよう……」

そう言って、根岸は眼鏡の奥でうっすらと目を細めた。

どうやら根岸は極端に表情が乏しいタイプらしい。だが、一応笑みのようなものは浮かべているし、とりあえず歓迎はされているようだ。安堵《あんど》半分、困惑半分で、譲はぎこちなく頷き返す。

そうこうしているうちにビールが運ばれてきて、大場が甲斐甲斐《かいがい》しく皆にジョッキを配る。譲がそれを受け取るなり、目の前に次々とジョッキが差し出された。

「よろしくな、新人」

「なんかわかんないことあったら訊《き》いてよ、桐ちゃん」

「君が気に入りそうな作品も探しておくから」

熊田、大場、根岸と、三者三様の言葉とともにジョッキをぶつけられた。勢い余ってこぼれたビールの泡で手を濡《ぬ》らしつつ、譲は律儀に会釈を返す。

最後に、隣に座った新開が笑みを含んだ目でジョッキを掲げてきた。

「さっきの質問の答えになったか？」

前置きのない言葉にしばし黙り込んでから、あ、と譲は声を上げる。素人の自分が入社することに抵抗する者はいなかったのかという質問の、これが新開の回答らしい。

いくら鈍感な譲でも、こうして歓迎会まで開いてくれた皆の顔を見れば妙な疑いは抱かない。ほっとすると同時に、入社したての自分のために皆が時間を割いてくれたことがしみじみと嬉《うれ》しく、譲は控え目に笑って新開のジョッキに自分のジョッキをぶつけた。

その後、次々と運ばれるつまみを食べながら、新開が簡単に仕事内容を教えてくれた。

撮影は月に三度ほど。現場では原則としてカメラマンの熊田の指示に従う。編集作業は主に根岸が担当しており、譲はモザイク処理などを手伝うことになるそうだ。大場は衣装や小道具のレンタルなど雑事全般を担っているので、しばらくは大場からこまごまとした仕事を引き継ぐのがメインになる。撮影の精算、見積もり、請求書の作成方法などは、適宜新開が教えてくれるそうだ。

「あとは男優のスケジュールを押さえたり、撮影場所を確保したりなんてことが主な業務になるかな。撮影以外はほとんど事務仕事だ」

「そうなんですか……」

ちびちびとビールを飲みながら、譲は意外な表情を隠せない。AVの制作会社というからもっと特殊な仕事をするのかと思いきや、電話応対やパソコン事務がほとんどだ。

「安心したか?」と譲の胸の内を見透かしたように新開が尋ねてくる。頷こうとしたら、その向こうから熊田が顔を出した。

「その代わり撮影はえぐいぞ。慣れるまではちょっと時間がかかるかもな」

「しかもゲイビだからねぇ。野郎同士のセックスも最初は驚くかもよー」

唐揚げを頬張りながら大場がつけ足して、譲はたちまち深刻な顔になった。

(そうだ、今日観たような男女のじゃなく、男性同士の性交を目の当たりにするんだ)

いきなり撮影現場で現物を見たらうろたえないだろうか。事前にＤＶＤで慣れておくべきか。真顔で考え込んでいた譲は、ふとテーブルを囲むスタッフを見て思った。

（……皆はもう、慣れてるのか）

慣れているというより、ゲイ向けのAVを作っているということは、スタッフも全員ゲイなのだろうか。そんな疑問が頭に去来して、譲はごくりと喉を鳴らした。

（僕も、そうあることを強要されたら、どうすれば……）

「ゲイビ作ってるからスタッフもゲイなんじゃないか、とか思ってるか？」

ぎくりとして手元が震えた。横を向くと、口の端に笑みを浮かべた新開が、譲の顔を斜め上から覗き込んでいる。青ざめた顔で考え込む譲をしばらく眺めていたらしい。

新開が大きな肩を震わせて笑う。その笑顔は意外なほど人懐っこく、第一印象とのギャップをまだ譲は埋《う》められない。だからどうしても、目を奪われる。

「貞操の心配ならいらないぞ。根岸以外はノンケだ」

新開に視線で示され前を向くと、向かいに座る根岸と目が合った。根岸も譲たちの会話を聞いていたようで、眼鏡の奥で目を細める。

微笑の意味を捉《とら》えかね、譲はどんな表情を作ればいいかわからない。同性愛に対する偏見はないつもりだが、それを公言する人物に会うのは初めてだ。根岸のキャラも掴めない。

さまざまな思いが脳裏を駆け巡り言葉が出ない譲を、新開は軽やかに笑い飛ばす。

「あんまりびくびくするな。男優の中にもゲイはいる。早いところ慣れろよ」

「そうだよ。現場に入ったらカメリハで男優と絡むことだってあるんだし」

斜向かいに座る大場がメニューを差し出してきた。見れば新開のジョッキはすでに空だ。

「桐ケ谷はまだいいか？　ビールが苦手なら他のものにしてもいいぞ」

「あ、じゃあ、ウーロン茶で……。あの、カメリハって……」

「本番前のリハーサルだ。そこでカメラのアングルだとか演出を決めたりする」

「それを、僕たちスタッフがやることもあるんですか？」

「結構あるぞ。大場、熱燗《あつかん》とウーロンハイ」

大場にメニューを返しながら新開はさらりと日本酒など注文している。

あまり酒を嗜《たしな》まない譲はウーロン茶を頼んだつもりだったのだが、いつの間にかウーロンハイになっていた。だが、今は新たな驚きに気を取られてそのことにすら気づかない。

「絡むって……だ、抱き合ったり、ですか？」

「それどころかキスくらい平気でするって、桐ちゃん」

店員に注文をした大場が明るく笑ってとんでもないことを言う。過激な冗談かと思いきや、隣でおもむろに新開が頷いたので絶句した。

「社長もこの前してたね。男優と」

「あれなー、男優の方がカメリハに社長ご指名しちまったから大変だったよなぁ」

根岸と熊田も鳥の軟骨に箸《はし》を伸ばしながら世間話のような気楽さで語る。

「あの男優、前回も社長にカメリハの相手させてたし、社長に気があるのかも。ほら、『幼な妻』ってタイトルのやつ。濡れ場まできっちりリハやった」

ぼそぼそと喋る根岸に、あったなぁ、と熊田も頷いている。

ゲイビデオにもかかわらず『幼な妻』というタイトルの不思議さに突っ込みを入れる余裕もなかった。愕然《がくぜん》とした顔を隠せない譲のもとにウーロンハイが運ばれてくる。

濡れ場というと、情事のシーンか。そんなシーンまでリハーサルがあって、しかもスタッフと男優で行うのかと思ったら激しく動揺した。運ばれてきたのがウーロンハイであることも失念し、やたらと乾く喉を潤すつもりでごくごくと飲み干す。

「もしかして、桐ちゃんファーストキスもまだ？」

挙動不審気味な譲に気づいたのか、大場が遠慮なく核心をついてきて、譲は口に含んだものを噴き出しそうになった。やっぱり、と大場は楽しげに手を叩《たた》く。

「桐ちゃんってなんとなくはんなりしてるっていうか、いいとこのお坊ちゃんぽいもんね。おつき合いも常に結婚を前提って感じで、全然遊んでなさそう」

「ファーストキスくらい今のうちに済ませておかないと、現場で不本意に奪われることになるかもしれないよ」

根岸が恐ろしいことを言い出して、譲は心底震え上がる。キスなんて人前ですることではないとすら思っていたのに、衆人環視の中、同性相手に奪われる可能性が勃発《ぼっぱつ》するとは。

「い……今から恋人を探して、間に合うでしょうか……」

思い詰めた顔で間の抜けたことを言う譲を、皆が盛大に笑い飛ばす。

「大丈夫だって桐ケ谷！　男同士のキスなんてノーカンだ」

げらげらと笑いながら熊田が太鼓判を押してくれるが、唇の接触という点に男女の差などない。大場も笑いながらサワーを呷《あお》って、「あっ、そうだ！」とテーブルを叩いた。

「社長で練習しておけばいいよ。初めてのキスが初対面の男優よりはまだマシでしょ？」

譲は弾《はじ》かれたように顔を上げ、思わず新開を仰ぎ見る。これにはさすがに新開も驚いたのか、軽く目を見開いて譲を見下ろしてきた。

「ほら、キース！　キース！」

悪乗りした大場が調子をつけて手を叩く。面白がって熊田もそれに乗っかり、根岸は相変わらずの無表情だが、きっちり手拍子は打っている。

その間も、譲は新開から目を逸らせない。

新開もじっとこちらを見ている。鑿《のみ》で削《けず》ったような筋の通った鼻と、鋭い目元がこちらを向く。一瞬でも目を逸らしたら本当に嚙みつくようにキスをされそうで、瞬きすらもできなかった。

譲が言葉もなく硬直していると、やおら新開が口元を笑みで緩めた。

「こらお前ら、あんまり新人をいじめると入社早々辞めちまうぞ」

譲に横顔を向けながら、新開が笑って皆をいなす。そりゃ大変だ、と真っ先に熊田が手拍子をやめ、大場もけらけらと笑いながら手を止めた。根岸も同様だ。

冗談から解放されたことを悟り、譲は長い長い吐息をつく。気が抜けて、目の前に置かれたコップの中身をまた無防備に呷ってしまった。ウーロンハイだった、と気づいたときは、コップはほとんど空になっている。

「桐ケ谷、次は何がいい？」

コップをテーブルに戻すなり、新開に声をかけられた。服の袖が料理に触れないよう長袖をグッとまくり上げた新開が、テーブルの向こうに手を伸ばしてメニューを取る。

カメラマンの熊田も丸太のような腕をしていると思ったが、新開も負けず劣らず腕に筋肉がついている。普段から重たい機材でも運んでいるのだろうか。

（僕の腕の倍は太い……いや、倍は言いすぎかな、一・五倍ぐらい……）

それでも十分な差だと思っていたら、目の前にメニューを差し出された。

「僕は……ウーロン茶にします。社長は……？」

徳利《とっくり》から最後の一滴を猪口《ちょこ》に落とした新開に尋ねると、新開は横目でちらりとメニューを見て店員を呼んだ。

「ウーロンハイと、芋焼酎《いもじょうちゅう》ロックで」

またしてもオーダーは正確に通らなかった。そして新開はまたぞろアルコール度数の高い酒を頼んでいる。

（その割には、全然顔色が変わらないなぁ……）

しばらくして運ばれてきた芋焼酎も、新開は水でも飲むようにすいすいと喉に流し込んでしまう。頬に赤みが差すこともなく、言われなければ飲酒中とはわからないくらいだ。

対照的に他のスタッフはしこたま飲んで、話す声や笑い声も不要に大きくなりがちだ。声の大きさに反比例して、会話の内容は薄いものになっていく。

新開は、そんなスタッフたちの馬鹿話を肴《さかな》に酒を飲んでいるようだった。芋焼酎はあっという間に空になり、今度はウィスキーなど注文している。ちゃんぽんでもびくともしない、うわばみのような男だ。

気持ちのいい飲みっぷりに見惚《みと》れていたら、視線に気づいたのか新開がこちらを向いた。そこで初めて、譲は唯一新開の体に現れた酔いの兆候を見つける。

（……唇だけ赤い）

頬にも目元にも一切朱は走っていないのに、唇だけが少し赤い。アルコールの反応がこんなところに出る人もいるのかとしげしげと観察していたら、新開が緩やかに背中を曲げて譲の顔を覗き込んできた。店内の照明が、新開の大きな体で遮られる。

「なんだ。やっぱりキスに興味でもあるのか？」

暗く翳《かげ》った新開の唇にばかり意識をとられていた譲は、しばし沈黙してからギョッとして体を後ろに引いた。

「や、ち、違います、そういうつもりでは……！」

「その割には人の口元ばっかり凝視してたな？」

「それは……す、すみません、ぶしつけなことを……」

新開が低く笑う。居酒屋の喧騒の中に響く笑い声は耳に心地《ここち》よく、どうやら気分を害したわけではなさそうだ。

新開はテーブルに頬杖《ほおづえ》をつき、人慣れしない野生動物を興味深く眺めるような顔で譲を見る。

熊田たち三人はいつの間にかコンビニスイーツの話で熱論を繰り広げ、まったくこちらを見ていない。話の接《つ》ぎ穂《ほ》が見つからず、譲は視線を泳がせた。

あまりに話題が見つからないので、面接のとき上手く伝えられなかった社会学の概要でも話そうかとヤケクソ気味に考えたとき。

「してみるか？　キス」

軽い調子で新開に提案され、社会学概要なぞ木端《こっぱ》微塵《みじん》に吹き飛んだ。

瞬き三回分はたっぷりと沈黙した後、譲は新開の顔を見上げ、とりあえず笑う。実際は口元が引《ひ》き攣《つ》っただけだったような気もするが、笑ったつもりだった。

「じ……、冗談ですよね……？」

譲の言葉を受け、新開も笑う。こちらはごく自然で、実に男前な笑みだった。

「キスくらいでそんなに動揺してたら、撮影現場で卒倒するぞ?」

だからしておけ、と言わんばかりの言い種に、譲は背中を仰《の》け反《ぞ》らせた。

「い、一度体験しておけば卒倒を免れるという保証もないのでは……!」

「人生に保証なんてつくわけないだろ。そんなもん、家電につくのがせいぜいだ」

人生には不測の事態がつきものだ。自分がAV製作会社に入社したのが最たる例だろう。

妙に納得した表情を浮かべてしまった譲を見て、新開はますます面白そうに笑う。

「ファーストキスに何か理想でも掲げてたか? 海の見える場所で、とか、式場で、とか」

「いえ、特には……」

「まあ、実際そんな大したもんじゃないしな」

言いながら新開が譲の方に体を傾けてくる。それがあまりに自然な仕草で、落ちた箸でも拾うようなさりげなさだったので、譲はうっかり身を引くのを忘れる。

あっ、と思ったときにはもう、互いの鼻先が触れ合うほど近くに新開の顔があった。

伏せた新開の目がすぐ目の前にある。鼻先を、料理とアルコール以外の匂《にお》いが掠め、譲は初めて家族以外の他人の匂いを知った。

他人の体が近づくと、相手に向けている部位が熱くなる。背中はスースーと寒いのに、顔面から肩、胸、膝に温《ぬく》みを感じる。体は一切触れ合っていないのに、空気越しに相手の体温

が伝わってくるようだ。

これがキスの距離なのかと、譲は全身を硬直させて思う。

顔を背けることも、新開を押しのけることも忘れてただただ目を見開いていると、ふいに新開が目を上げた。

至近距離から瞳を覗き込まれる。切れ長の目は鋭い。その目がいたずらに細められた。

「冗談だ」

囁《ささや》きとともに、新開の吐息が唇を撫《な》でた。

譲の方に倒していた体を元の位置まで戻し、新開は先程までと変わらない穏やかな顔でグラスに手を伸ばす。前に座る三人は誰もこちらを見ていない。本当に新開が箸でも拾ったと思っているのかもしれない。

遠ざかっていた店内の喧騒が急に耳元へ迫ってきて、白昼夢から覚めた心地になった。

熊田たちの口論を楽しげに見守る新開に目を向けたまま、譲はテーブルに置かれたグラスを手に取る。中の液体を口に流し込み、大きく喉を鳴らしたところで再三それがアルコールだったことに気づかされた。

(……冗談……そうか、冗談……)

まだ上手く回らない頭を無理やり動かし、水をもらおうと店員を探したら、唐突に熊田がその場に立ち上がった。

「よぉし！　そこまで言うなら買ってやろうじゃねぇか、そのクリームロールケーキとやらをよ！　俺一押しのクリーミーババロアより美味《うま》くなかったら承知しねぇぞ！」

「じゃあ俺もクリーミーババロア買うよ！　どこのコンビニで売ってるんだっけ⁉」

「まずは僕の勧めるクラムチャウダーアイスクリームが先だ！」

「そんなもんスイーツとして認められるか！　おら、店出るぞ！」

どうやら白熱していたコンビニスイーツ討論は、少し目を離した隙《すき》にガソリンを注いだかのごとく火柱を上げていたらしい。

突然の解散にうろたえつつも腰を上げると、熊田にびしっと指を差された。

「桐ケ谷！　歓迎会が終わったらお前も立派な社員の一員だからな！　明日から容赦しねぇぞ、朝一で撮影入ってるから覚悟してろよ！」

「は、はいっ！　…………えっ！」

勢いに押されて頷いてしまってから、譲は大きく目を見開いた。

入社二日目にして撮影に立ち会うなんて初耳だ。補足説明を願ったが、三人は鼻息も荒く座敷を下りてしまい、後に残されたのは新開と譲の二人だけだ。

呆然と三人の背を見送る譲の隣でウィスキーを飲み干した新開は、ぽん、と軽く譲の背を叩いて立ち上がった。

「せいぜい現場で卒倒しないよう頑張れよ、新人」

笑いを含んだ声に譲は何も返せない。飲み散らかされたテーブルに突っ伏してしまわぬよう、身を起こしているだけで精一杯だった。


翌日の撮影は、社内のスタジオで行われることになった。

熊田と新開は倉庫から機材を運び出すのに忙しく、大場と根岸も小道具や衣装を準備したり、機材のコードを床に這《は》わせたりと、朝から休む間もなく働いてる。

そんな中、譲だけが青白い顔で壁に凭《もた》れ、脚本とも呼べない設定資料を読んでいた。

本当は新人らしく率先して肉体労働に従事するつもりで慣れないジーンズなど穿《は》いてきたのだが、現実は機材を運ぶどころか、立っているだけで一杯一杯だ。

譲は今、人生初の二日酔いを体験していた。

これまであまり酒を飲む機会もなかったのでわからなかったが、自分で思っていた以上に酒に弱い体質だったらしい。

下手に動くと胃袋が裏返りそうになる。真っ直ぐ立っているはずなのに足の裏をつけた地面が常に動いているようだ。四年前、大学入学を祝って両親が屋形船に乗せてくれたことがあったが、あのときもこんな状況でほとんど食事が喉を通らなかった。

途中で声をかけてくれた新開に青白い顔で謝罪すると、「無理して現場で吐かれるよりいい。今回は全体を見て、スタッフの大まかな動きだけ摑んでくれ」と言われた。

とはいえ、重たい機材や、業者からレンタルしたパイプベッドを運ぶ新開の額には汗など浮かんでいるものだから、やはり心苦しい。

そんな中現場に男優が到着し、その姿を見た譲は、本気で目を丸くした。

「おはようございまーす。今日はよろしくお願いします」

元気な挨拶とともに現れたのは、詰襟の制服を着た少年だ。

顎の細い、肩幅も狭い、身長だって譲より低い、青年と呼ぶにはいささか早すぎる、まさしく少年だった。大きな瞳は猫のように好奇心旺盛にスタジオ内を見回している。

踵《かかと》を踏み潰《つぶ》したスニーカーでスタジオに入った少年は譲と目が合うと屈託ない笑みをこぼし、無邪気なその顔を見た瞬間、譲は確信した。相手は十代だ。

「うぉっ！　おま、桐ケ谷！　なんだ急に……！」

二日酔いの吐き気も吹き飛び、譲は新開に体当たりして無言でその腕を掴む。尋常でなく張り詰めた譲の顔を見て何事かと身を屈《かが》めた新開に、譲は押し殺した声を上げた。

「社長、高校生はまずいです、児童ポルノ禁止法に抵触します……！」

「はっ？　児童……？」

「そ、それとも十八歳になってる方ですか⁉　履歴書だけでなく免許証とか住民票とか、公的な資料で年齢確認してますか⁉　十八歳以上でも未成年の場合は法定代理人の同意が必要ですけど、確認しました⁉」

一気にまくしたてられた新開は啞然《あぜん》とした顔をしていたが、すぐに苦いものでも食べたような顔になり、譲の手から脚本を奪って筒状に丸め始めた。

スパン、と気の抜けた音がして、いつぞやのように脚本で頭をはたかれる。

「お前な……制服着てれば全員本物の高校生だとでも思ったか」

「で、でも、どう見たって……！」

「心配するな。ああ見えて二十歳なんてとっくに過ぎてる」

「え……えぇえ……？」

信じられず男優に目を向けると、譲たちの会話が聞こえていたのか、相手とばっちり目が合った。男優はピースサインを作り、底なしに明るい笑顔を浮かべる。

「今年で二十八になりまーす。運転免許証でも見せましょうか？」

「に、にじゅうはち……!?」

譲の声が裏返る。自分よりも年上だ。しかも本当に運転免許証まで見せてくれた。相手の言葉に嘘《うそ》はない。

男優はけらけらと笑っているが、下手をしたら機嫌を損ねてしまうところだった。猛省して、譲は男優だけでなく他のスタッフにも深々と頭を下げる。

スタジオの隅に移動した譲は、これ以上周囲に迷惑はかけぬよう、現場の様子をしっかり目に焼きつけておこう、と胸に誓う。しかし。

カメラが回り始めるとすぐ、目に焼きつけるどころかまったく視線が定まらなくなった。今回は男子高校生が保健室で自慰に耽《ふけ》るという内容で、男優はひとりきりだ。ベッドの上で制服を着た男優が上げる、艶《なま》めかしい嬌声《きょうせい》がスタジオ内に響く。

その様を、カメラを構えた熊田、照明を持つ新開、レフ板を構える根岸、ケーブルを捌《さば》く大場が、真顔で見ている。

AVの撮影現場なのだからこういう状況になるのはわかっていたつもりだが、実際目の当たりにするとやはりと言うかなんと言うか、どうにもこうにも尋常ならざる光景だ。激しく目が泳いでしまうのを止められない。

(み……見ていてもいいものなんだろうか……⁉　いや、目を逸らしたら仕事にならないけれど、でも、これは……っ！)

動揺している自分が一番場違いに思え平常心を掻き集めるも、心臓は通常運転をとっくに放棄し、ばくんばくんと盛大に暴れている。

(しまった……気持ち悪くなってきた……)

二日酔いがぶり返してきて、譲はそっと胸元を押さえる。

今ここで嘔吐《おうと》などしようものなら、他のスタッフが甚大な被害をこうむる。何より男優に失礼だ。

そんな譲の誠意を嘲笑《あざわら》うかのように、枕《まくら》の下から男優が毒々しい肉色のバイブとアナルビーズを取り出してくる。そしてそれを、ためらいもなく下肢へと近づけた。

大人の玩具《おもちゃ》のグロテスクな形状に妙な声が漏れかけて、譲は片手で口元を覆う。

(そ……そんな、そんなものが簡単に入っ……た！　どっ、どこまで……どこまで⁉)

己の肉眼で見ているにもかかわらずCGで加工された映像を見ている気分だった。つまりそれだけ、目の前の光景は譲の常識の範疇《はんちゅう》を超えていた。

「——……」

体液でてらてらと濡れたプラスチックの塊がずるりとシーツの上を這い、譲は掌《てのひら》で口元を覆ったまま背中から壁に凭れかかった。急速に視界に靄《もや》がかかる。耳も遠い。けれどここで大きな音を立てたら皆の迷惑になる。それだけの理由で、譲は半ば意識を失いかけながらも卒倒することを拒んでいた。

数分、もしくは数十秒後だったのかもしれない。室内にカットの声が響き、譲の膝から力が抜ける。体が傾き、倒れる、とぼんやり思ったら、強い力で腕を引かれた。

そのときにはもう目も耳もまともに働いていなかったが、鼻先を覚えのある匂いが掠めたのだけはわかった。昨日の居酒屋で知ったばかりの、他人の匂いだ。

(……社長？)

倒れ込んだ広い胸の感触に、新開だ、と確信して、譲は完全に意識を手放したのだった。

「マニアックな道具使ってたとはいえ、気を失うとは予想外でしたねー」

「しかしよぉ、この年でAVに慣れてないってどんな箱入り息子だよ」

「……桐箱にでも入ってたんでしょ」

「桐ケ谷だけに？　根岸にしちゃ気が利いたこと言うじゃねぇか」

周囲でワイワイと賑やかな声がする。だがその声は、遠くなったり近くなったりして夢かうつつか判断がつかない。もう少しで、瞼《まぶた》が震えそうな気配もするのだが。

「気がついたか？」

新開の声が耳を打ち、それまで動かなかった瞼がカッと開いた。

最初に白い天井が目に飛び込んできて、次いでこちらを覗き込む新開と目が合う。

「びっくりしたぞ、いきなりぶっ倒れるから」

そう言って、新開が小さく笑う。

譲は何度も目を瞬かせ、ぐるりと視線を巡らせた。

どうやらスタジオの床に寝かされているらしい。ベッドやパーテーションはそのままだが機材の類《たぐい》は撤去され、男優の姿はすでにない。それどころか新開以外のスタッフの姿もなく、辺りは静まり返っている。

「あの、撮影は……」

「撮影ならとっくに終わったぞ」

譲は眦《まなじり》が切れるほど大きく目を見開き、腹筋の力だけで跳ね起きて腕時計を確認する。

「じ……っ、十一時……！」

窓の外はとっぷりと日が暮れていて、夜の十一時なのは間違いない。撮影が始まったのは午前中だから、半日近く意識を失っていたことになる。

「撮影の間中、僕はずっとここで……⁉」

「ああ、結構どたばたやってんのによく起きないもんだって、途中から感心してたんだぞ」

「す……すみませんでした……あの、他の皆さんは……？」

「さっきまでお前が起きるの待ってたんだけどな。ちょっと前に帰った」

ならば夢うつつで耳にした言葉は現実のものだったのだろうか。意識のない自分を皆が取り囲んでいるシーンを想像して青ざめる。

「まあ、二日酔いであの撮影はきついかもな。立てるか？　ちょっと事務所来い」

新開は譲を事務所へ連れてくると、壁に向かって二つずつ並んだ机のひとつに腰かけた。ドアを背にしたその席の、隣を譲に指し示す。そこが譲の席になるらしい。

椅子に腰を下ろした譲は、新開に膝頭を向けると深々と頭を下げた。

「今日は本当にすみませんでした。皆さんにご迷惑をおかけして……」

「気にするな。元々今日は現場を見学させるだけのつもりだったしな。それに皆、迷惑がるより心配してたぞ。倒れたときに頭でも打ったんじゃないかって、あいつら救急車呼びかけたからな」

おかしそうに新開が笑って、譲も少しだけ肩の力を抜く。そして、改めてこの会社のスタッフは優しくて善良だな、と思った。そのことを意外に思ってしまうのは、自分がＡＶの制作会社に対してあらぬ偏見を抱いていたからだろうと、人知れず反省もした。

「撮影の邪魔にもならなかった。横にしとけば寝返りも打たず、いびきもかかずに眠ってるしな。カットがかかるまで立ったまま気を失ってたのも、見上げた根性だ」

その光景を思い出したのか、新開はまたしてもおかしそうに笑う。

新開と一緒に笑おうとしたものの失敗して、譲はそっと溜息をついた。

「……こういうとき、きちんと叱《しか》ってもらえるような人材になれるよう、頑張ります」

叱責されずに済んでホッとするどころか、打ち沈んだ様子で目を伏せる譲に新開が眉を上げる。どういう意味だと目顔で問われ、譲は重たい口調で言った。

「気を失っていても問題がなかったということは、僕は現場にいてもいなくても、問題ない存在だったということなので……」

お前がいなくて大変だったんだぞ、と叱り飛ばされた方がずっといい。そんなことを訥々と語る譲に、新開は微苦笑を漏らした。

「そりゃ悪かった。お前がいなくていいと思ってたわけじゃないんだが」

「あ、いえ、社長に謝ってもらうようなことでは……」

「でも俺はお前のそういうところを、大いに評価するぞ」

新開は笑みを柔らかなものに変えると、傍らのデスクに肘をついて譲の顔を仰ぎ見た。

「叱られない状況が歯痒《はがゆ》いなんて思ってる奴なら、すぐに『お前がいなくてどうする』って怒鳴られるようになる」

新開の声には確信めいた響きがあり、譲は自然と背筋が伸びるのを感じる。

そうなりたい、と自分でも思う。そして、新開にはもう少しこのまま、自分の成長を期待していてほしい、とも。

「そんなお前に、早速仕事を頼みたい。撮影した画《え》のチェックを俺とやってもらえるか」

デスクに凭せかけていた体を新開がのっそりと戻す。願ってもないことだ。

「チェックというと……編集作業ですか……?」

「いや、粗編《あらへん》した画を見て、カメラのアングルとか、役者の表情とか仕草に不満があったら言ってほしい。逆にぐっとくるところもあれば教えてくれ」

「ぐっとくる……」

「ノンケのお前には難しいかもしれないけどな。何本か観てるうちに、他と違う、とか、ちょっと気になる、なんて部分が出てくるはずだ」

それくらいなら譲にもできるが、社会学を専攻していた譲に映像に関する知識などない。

カメラマンの熊田や編集担当の根岸を差し置いて、自分が口を出してしまっていいのだろうか。単なる素人の感想にしかならない気がするが。

そんな危惧《きぐ》を譲が口にすると、新開はきっぱりと首を横に振った。

「いや、お前が昨日渡してくれたノート、結構的《まと》を射《い》てたし鋭かったぞ」

譲がＡＶの感想を書き込んだノートを、新開はじっくり読んでくれたらしい。感心した、と簡潔に、力強く感想を述べる。

「それに知識がない分、お前の目線は視聴者に近い。俺たちはもう慣れっこで、『こういう設定が受けるだろう』とか、『こういう撮り方だと反応がいいだろう』とか経験則で判断する部分が多いが、お前はもっとまっさらな見方ができるだろう？」

やってくれるか？　と真摯《しんし》に尋ねられてしまえば、譲とて否とは言えない。

「でしたら、何本かＤＶＤをお借りしてもいいですか？　勉強してきますので、できれば社長が良作だと思うものを……」

「熱心だな。……わかった、明日までに用意しておく」

何にするか、と新開が唇の動きだけで呟く。声が伴わない分その動きに目が引き寄せられ、譲は唐突に昨夜《ゆうべ》のことを思い出した。

居酒屋の隅で、新開にキスをされそうになった。あのときは赤かった新開の唇も、今は落ち着いた色味に戻っている。やはりあの赤さは酔っていたからなのだろう。

新開の体が近づいたとき、直接触れたわけでもないのに服の上から相手の体温が伝わってきた気がした。今も誰もいない事務所で新開と向き合っていると、一番相手に近づいている膝頭がほんのり温かくなる気がする。

（よっぽど社長は体温が高いんだろうか……）

取り留めのないことを考えながら新開の口元を見ていたら、薄く色づいた唇がゆっくりと左右に引き伸ばされた。

「やっぱりキスしておけばよかったか？」

心地よく耳を打つ低い声で何か言われ、譲はゆるりと目を上げる。

いつからそうしていたのか、新開は真っ直ぐ譲を見ていた。当然、譲が自分の唇を凝視しているのもわかっていたのだろう。するか？　とばかり眉を上げられ、遅れて言葉の内容を理解した譲は、仰天して椅子から腰を浮かせた。

「し、しません！　別に、そんな……！」

「だって昨日しておかなかったから現場で卒倒する羽目になったんだろ？」

新開がさも当たり前のように言うので、一瞬真に受けかけてしまった。そうだったろうか、と真顔で口を噤んだ譲を見て、新開は堪《こら》え切れなくなったように声を上げて笑う。

「冗談だよ、本当に真面目な奴だな」

「じ……冗談ですか」

「当たり前だ。そんなに純朴で、いつか質《たち》の悪い役者の食い物にされるなよ？」

空恐ろしいことを言われ、譲は真剣にその状況を思い描く。皆が皆新開のような迫力で迫ってきたら、容易に丸め込まれてしまうのは想像に難くない。

もっと経験を積まなければ、と思うものの、具体的にどうしたらいいのだろう。

石像のように固まった譲を見て、からかいすぎたと思ったのか、新開が声音を改めた。

「悪い。脅かすつもりはなかった。そう心配するな」

俯《うつむ》きがちな譲の足を、新開が軽く叩く。膝頭に集まっていた熱が拡散された気がして顔を上げると、思いがけず真摯な表情の新開と目が合った。

「うちの社員は俺が守る。大丈夫だ」

真っ直ぐな新開の視線を受け、譲はひとつ瞬《まばた》きをした。強い眼差《まなざ》しから言葉以上に伝わってくるのは、新開が本心だけを述べているだろうことだ。

(……この人は、社長なんだな)

唐突に、胃の腑《ふ》に落ちるように実感した。企業の社長というと高齢のイメージがあり、新開はむしろ上司や先輩に近い存在だと思っていたが、それでもこの人は社長なのだ。

守る、という言葉からは、単純に譲が役者から絡まれるのを防ぐばかりでなく、社員全員の生活を担っていこうとする覚悟のようなものが窺えた。

自分と一回り程度しか年が違わないだろうに、凄《すご》いな、と素直に思えた。小さな会社は傾けばそれっきりになってしまう危険性も高い。そんなプレッシャーの中で、こんなにもどっしりと構えていられる新開に改めて驚かされる。

（この人の言葉なら、信じられる）

新開が大丈夫と言うからには大丈夫なのだろうと、屈託なく受け入れて譲は姿勢を正す。

「社長の言葉を信じます。今後とも、どうぞよろしくお願いします」

背筋を伸ばして一礼する。その耳朶《みみたぶ》を、新開の柔らかな笑い声が撫でた。

「改めて言われると、責任重大だな」

本人は困ったふうを装ったのかもしれないが、笑いの潜む声は存外楽しげだった。


初めての撮影現場で卒倒し、今後もこの業界でやっていけるか社内の面々から密《ひそ》かに危ぶまれていた譲だが、その後半月はつつがなく経過した。

半月の間に、根岸からモザイク処理、大場からメールと電話応対、新開から精算書の書き方、熊田からは現場のいろはを教えてもらい、譲は着々と仕事を覚えていった。

新開とは何度か映像チェックもした。未《いま》だにぐっとくる、の意味はわからないが、目を惹く役者の表情や、意外な展開を発見しては新開に報告するようにしている。

一点気になっているのは、新開と映像チェックをしているとき、室内の温度が上がっていくような錯覚にとらわれることだ。

他人とAVを観るという特殊な環境のせいか、隣にいる新開を意識しすぎてしまい、相手の体温が空気越しに伝わってくる気がする。そういうときは物理的な距離を越えて新開がすぐ近くにいる気分になって、落ち着かない。他愛もないことだが、少し気になった。

帰り時間は大抵定時を超える。終電近くなることもしばしばだが、それでも譲は早い方だ。他の社員は会社に泊まり込むこともあるようで、激務なんだな、と思わざるを得ない。

その日も譲が朝一でメールをチェックしていると、新開と熊田が揃って出社してきた。

「悪いね社長、朝飯奢《おご》ってもらっちゃって」

「いや。こっちこそなかなか帰してやれなくて申し訳ない」

そんな会話を耳で拾い、新開の部屋に泊まったんだな、と譲は察する。

新開の住むアパートは会社から徒歩圏内にあるそうで、ときたま社員が泊まりに行くこともあるらしい。この半月間だけでも、譲が知る限り熊田と根岸が泊まっていたはずだ。

（いいな……）

不要なメールを削除しながら、心中でうっかり本音を漏らしてしまった。

譲は小さく頭を振って浅はかな考えを振り払う。皆仕事が忙しくて、仕方なく泊まっているのだ。遊びで新開の部屋を訪れているわけではない。

わかっている。だが、憧《あこが》れる。

学生時代、譲は友人の部屋に泊まった経験がなかった。

遊びに行ったことならある。だが、大学時代の友人が全員自宅暮らしだったせいか、友人の家は気楽に泊まりに行けるような場所ではなかった。

メールのチェックを終え、譲は肩越しに熊田の席を振り返る。

こちらに背を向けた熊田の顔は見えないが、機嫌よく鼻歌など歌っているようだ。そういう姿を見てしまうと、やはりどうにも羨《うらや》ましい。新開の部屋に泊まって仕事をしたのか、それとも少しくらいテレビを見たり雑談をしたりしたのだろうかと想像してしまう。

（学生の頃、無理にでもやっておけばよかったなぁ……）

出前のピザを取って、テレビを見ながらコタツで食べる、なんていうのも憧れだ。譲の家では出前と言えば寿司くらいのもので、ピザが届くだけでもわくわくする。

ときどきそんな夢想を挟みつつ、譲は黙々と事務作業を進める。溜《た》まっていた精算書を整理し、来週の撮影場所を確認していたら、唐突に背後で大場が絶叫した。

「マジで！　今月無理なの⁉　なんで！」

悲鳴じみたその声に驚いて振り返ると、熊田の隣の席で大場が地団太を踏んでいた。その傍らには弱り顔の新開が立っている。

「すまん。今月は無理だ。この前納入した商品がトラブって、その後処理に時間がかかる。だから少し待ってくれ」

「無理だよ！　最近の激務の唯一の心の支えだったのに！」

大場の怒声を受け、新開は困り顔で「すまん」と繰り返す。突然の言い争いに譲が目を白黒させているうちに、大場はフグのように頰を膨らませて部屋を出ていってしまった。

取り残された新開は苦り切った顔で、隣の席で状況を見守っていた熊田も肩を竦めているが、二人とも大場を追う気はないらしい。気になって、譲はそっと席を立った。

会社で借りているフロアは、エレベーターを降りると真っ直ぐ廊下が伸びていて、左右に二つずつ扉がある。廊下を歩いた突き当りを右に曲がると給湯室、左はトイレだ。

とりあえず給湯室の方に行ってみると、案の定、不貞腐《ふてくさ》れた顔の大場がいた。

給湯室とは名ばかりの、小さなステンレスの流し台と蛇口、辛うじて電気ケトルがあるだけのごく狭いスペースで、大場は黙々とガムを嚙んでいた。譲の顔を見ると、寄りかかっていた流し台から黙って身を離す。その顔には疲労が色濃く滲み、目も充血している。慢性的な睡眠不足と見受けられた。

「……コーヒーでも淹《い》れましょうか?」

ささくれているだろう神経を刺激しないよう、穏やかな口調で譲は尋ねる。

大場は壁に凭れてしばらくなんの反応も返さなかったが、無言で小さく頷いた。

早速譲がコーヒーの支度を始めると、背後で大場がぽつりと呟いた。

「……桐ちゃんさ、なんか気になる場所とかない?」

質問の意図を摑みかね、場所ですか、と譲は困惑気味に繰り返す。

「一回行ってみたいところとか、ない?」

「ああ、だったら……社長の部屋ですかね」

ちょうど新開の部屋に熊田が泊まったのを羨ましく思っていたところだ。言ってしまってから、そうではなく観光名所を答えるべきだったかと思い至った譲だったが、振り返って大場の顔を見た途端、声を失った。

先程まであんなにも暗く淀《よど》んだ目をしていた大場が、目玉が転げ落ちんばかりに瞠目《どうもく》していた。何事かと目を瞬かせる譲の肩を摑み、「それだ!」と大場は叫ぶ。

「わざわざ遠くに行くことなかったんだ! 社長の家で十分じゃん!」

言うが早いか大場は譲の肩を摑み、引きずるようにして事務所まで連れてきてしまう。蹴破《けやぶ》るような勢いで扉を開けた大場は、室内にいた新開と熊田がどんなリアクションを返すより先に、吼《ほ》えるように叫んだ。

「社長! 今年の社員旅行は社長の部屋でいいよ!」

未だに大場に肩を摑まれたままの譲は、突然の宣言の意味が呑み込めない。振り返った新開と熊田も啞然とした顔だ。大場だけが鼻息も荒く「どうよ!」と皆の顔を見回している。

しばらく沈黙が続き、譲は恐る恐る挙手をした。

「あの……社員旅行というのは……?」

まったくわけがわかっていない様子の譲と、唇を真一文字に引き結ぶ大場を交互に見て、新開は後ろ頭を掻きつつ椅子から立ち上がった。

新開の手短かな説明によると、ジャストエンターテインメントでは毎年ゴールデンウィーク前に社員旅行へ行くらしい。

東京からさほど離れていない温泉地で宿をとり、のんびり過ごして帰ってくるだけだというが、大場は殊《こと》の外《ほか》この旅行を楽しみにしていたという。

深夜までの勤務が当たり前で、撮影が入れば休みも不規則になる職場だ。年に一度、社員皆でどんちゃん騒ぎをする旅行を心の支えに、日々歯を食いしばっているのだという大場の気持ちもわからないではない。

しかし今年は仕事の調整がつかず、ゴールデンウィーク前の旅行は難しそうだ。連休中は宿もとりにくいし費用も上がる。となると、旅行が六月までずれ込むのは必至だ。

新開の説明が一通り済むと、大場がまた声を張り上げた。

「六月までなんて俺絶対待てないからね！　せめてなんかイベント的なものがないと、今月だって乗り切れないよ！」

「だからって、社員旅行が俺の部屋で本当にいいのか？　今年は温泉なしになっちまうぞ」

「温泉は行くよ！　仕事が落ち着き次第絶対行く！　その前に、前哨戦《ぜんしょうせん》的に何かしたいの！　てゆか、なんかわくわくするようなことが一個でもいいから欲しいんだって！　なんだよ最近の激務っぷり！　労働基準法に反するぞ！」

なんとも切実な大場の言葉に、新開は痛いところを突かれた顔で黙り込む。最近社員たちの仕事量が増加している自覚はあったらしく、大場の申し出を無下に却下することもできないらしい。

「だからってな……うちは男五人が泊まれるような広さじゃないぞ」

「いいよ、雑魚寝《ざこね》で！」

「温泉と食事もないぞ。単に家で飲むだけだったら普段の飲み会と変わらんだろう」

「お泊まりがいいんだって！　普段と違うことがしたいんだよ！　有給くれとは言わないから！　温泉なんか近所の銭湯でも構わないし、食事だってその辺のスーパーで買って……」

「食事なら僕が作ります！」

それまで黙って話を聞いていた譲が、やおら片手を天に突き上げた。

これには新開だけでなく、大場も驚いた顔で言葉を切る。

本当は黙って事の成り行きを見守るつもりだったが、大場の話を聞いているうちに我慢できなくなった。普段と違うことがしたい、イベントが欲しい、お泊まりがいい、という大場の言葉に激しく同意してしまったからだ。

つい先ほど、学生時代に友人の部屋に泊まらずじまいだったことを悔やんでいたせいもあるかもしれない。自分を律し切ることができず、譲は勢い込む。

「そ、それほど腕に自信はありませんが、和食全般なら大抵作れます！　魚も下ろせます、揚げ物も蒸し物もできます、必要なら自宅から会席用の膳《ぜん》も一式持ってきます！」

それまで漫然と皆の話に耳を傾けていた熊田が、気圧《けお》されたように「おぉ」と呻《うめ》いた。思わぬ後方支援を得た大場の顔にも、昂揚《こうよう》したような笑みが浮かぶ。

「じゃあ、料理の心配もなくなったし！　社長の部屋で社員旅行の前夜祭しようよ！」

大場の勢いに完全に押され、新開は言葉もなく眉を互い違いにする。

絶対に引かないぞ、という気概が眉間《みけん》のシワに表れている大場と、若干の期待と不安を込めた目で自分を見上げる譲を交互に見て、新開は深い溜息をついた。

改めて是非を問うまでもない。それは明らかな、諦観《ていかん》の溜息だった。


新開の家に泊まりに行くのは、その週の土日と決まった。

熊田や根岸は年少者である大場のわがままには慣れっこらしく、特に異論も上がらず土曜日の昼頃会社に集合して新開のアパートへ向かうことが決まった。

そして当日、時間通りに譲が会社に到着すると、なぜか譲以外の全員が会社で仕事をしていた。聞けば皆金曜から泊まり込んでいたらしい。

「本当は土曜も出勤するつもりだったんだけど、社長の家に泊まるから徹夜してでもきりのいいところまで終わらせておこうと思ってさ」

目の下にクマを作った大場が、それでも嬉しそうに笑う。他のメンバーも同じような理由で泊まり込んだらしい。ということは、この社員旅行の前哨戦とやらがなければ皆は土日も休まず働くつもりだったのか。

（……それは大場さんでなくても駄々をこねるかもしれない）

ようやく大場が束の間の休息を渇望した理由を悟った思いだった。

なんだかんだと正午を過ぎ、各々仕事を切り上げて新開のアパートへ向かった。

会社から歩いて二十分ほどで到着したそこは、アパートというよりちょっとしたマンションといった方がイメージに近い。外観はレンガ調の四階建てで、世帯数はさほど多くなさそうだった。

「掃除をする暇もなくて散らかってるが、ゆっくりしていってくれ」

そう言って新開に通されたのは、最上階にある広めの１ＤＫだった。

玄関を入ってすぐがダイニングキッチンで、隣の部屋を仕切る扉は引き戸になっており、開け放つと存外広い。奥は寝室で、壁際にベッド、中央に小さなローテーブルが置かれている。

流し台と二口コンロがあるだけのキッチンに立ち、物の少ない部屋だな、と譲は思う。特にダイニングキッチンはテーブルがあるわけでなく、食器棚があるわけでもない。部屋の隅に置かれた冷蔵庫が目立つばかりで、がらんとした印象だ。

対照的に、寝室はかなり雑多だ。壁際に置かれた背の低いステンレスシェルフにはテレビやＤＶＤプレイヤーなどの機械類が押し込められ、壁際には映画や音楽関係の雑誌が積み上げられている。

掃除はそれなりに行き届いているらしく、ごみの類は見受けられない。壁際に積まれた雑誌も、家主だけがわかる規則性に従って置かれていることが窺えた。

「社長の部屋ってなんか落ち着くよねー」

早速ローテーブルの前に座り込んだ大場が、天板に突っ伏して目を細める。その向かいに熊田も陣取り、根岸も当たり前の顔でテーブルを囲んだ。

（満員御礼って感じだなぁ……）

寝室の入り口に立つ譲は、大の男三人に足を突っ込まれた小さなローテーブルを見やってしみじみと思う。本来もうひとり入れるはずなのだが、すでに三人の足がもつれ合っているような状況で、とてもではないがあそこに強行突入する気にはならなかった。

「場所がなければベッドにでも適当に座ってくれ」

最後に部屋に入ってきた新開が譲に向かって、悪いな、と片手を立てる。

寝室は八畳ほどの広さがあるが、ベッドやテーブル、テレビなどが置かれた部屋に男が五人も入るとさすがに狭苦しい。

「じゃあ、僕はキッチンの方にいます。色々準備もあるので……」

「準備って、まさか本気で飯でも作る気か？　重そうなリュック背負ってきたと思ったら、調味料でも持ってきたわけじゃないだろうな?」

冗談めいた口調で新開に尋ねられ、譲は目を丸くする。当然そのつもりで、登山用と見紛《みまが》うほど大きなリュックにあれこれ詰めてきたのだ。

新開は事ここに及んでようやく譲が本気だと気づいたようで、驚いた顔から一転して、思案気な表情で腕を組んでしまった。

「……まともな調理器具なんてないぞ? 調味料も……」

「一通り持ってきてます。キッチン見せてもらっていいですか?」

キッチンへ向かう譲の後を、新開が心配顔でのそのそとついてくる。

「何か手伝うか?」

「いえ、大丈夫です。料理は一から母に叩き込まれたので」

「……お前、どういう家庭の息子だ?」

新開の声に戸惑いが滲んでいることに気づき、きょとんとして譲は振り返る。そこに寝室から大場の声がかかった。

「社長ー、とりあえず昼はピザでも取ろうよ。桐ちゃんも、どれがいいか選んで」

たちまち譲の視線は新開をすり抜け、譲は足取りも軽く寝室へと舞い戻る。

「ピザ、取るんですか? え、本当に? メニューもないのに?」

「スマホで近くのピザ屋のホームページ見ればいいじゃん。桐ちゃんまさか、宅配ピザ初めてとか？」

大場のスマホを覗き込みながら、はい、と譲は目を輝かせて頷く。たちまちその場にいた三人の笑顔が固まったことに、ピザを選ぶのに夢中な譲は気づかない。マルゲリータにしようか、ペスカトーレにしようか、ディアボラなんて名前も気になる。

「……桐ケ谷ってもしかして、マジで桐箱入り……？」

熊田がぽつりと呟いたが、ピザを選定するのに忙しい譲の耳には届かなかった。


譲念願の宅配ピザを食べ、軽く缶ビールなど開けた後、一行は近所のスーパー銭湯へ向かうことになった。譲だけは、夕飯の支度をするため新開の部屋に残ったが。

新開はしきりに「お前だけおさんどんする必要ないんだぞ」と気にかけてくれたが、食事を作ると申し出たのは自分だ。大丈夫ですから、と繰り返す譲は柔らかな笑みを浮かべているもののまったく引き下がる素振りを見せず、最後は根負けして新開も銭湯へ向かった。

それから数時間後。

ホカホカした顔で戻ってきた皆に、譲は控え目な笑みを浮かべて手料理を振る舞った。

小さなテーブルの上に一品一品並べられる料理は、譲が自宅から持ち込んだ器に美しく盛りつけられている。先付はごま豆腐と、菜の花の和《あ》え物だ。

思いがけず本格的な料理を前に、最初こそ「旅館みたい！」とはしゃいでいた面々だが、皿が進むにつれ顔色が変わってきた。

先付けの次は、出汁《だし》のきいた汁にタケノコが浮かぶお吸い物。さらにカツオの炙《あぶ》り、マグロ、サーモンを美しく並べたお造り三種盛り。お次は甘い味噌《みそ》の匂いが香ばしい鯛《たい》の味噌焼きと続き、皿を重ねるにつれ、室内に窺うような視線が飛び交い始めた。

料理は素人の舌でもわかるほどに美味い。それは結構なことなのだが、いかんせん手が込みすぎている。料理が盛られた器がどれも古めかしいのも気になるところだ。譲が自宅から持ち込んだようだが、重厚な漆塗《うるし》りだの、風合い豊かな焼き皿だの、近所のスーパーで買ってきた代物でないことは一目瞭然《りょうぜん》だった。

焼き物の次は天ぷらです、と言い置いて譲が台所に戻ろうとすると、とうとう新開に呼び止められた。

「待て、桐ケ谷。お前まさか……会席のコース一式作ったんじゃないだろうな？」

先付から始まって汁物、刺身、焼き物、さらに揚げ物と続いて、さすがに新開も勘づいたらしい。本当にコース通りなら、次は蒸し物、さらに酢の物と続き、ようやく飯と味噌汁と漬物が出て、最後にデザートまで用意されていることになる。

皆が呆気《あっけ》にとられた顔をしているのにも気づかず、譲は朗らかに笑う。

「当たり前じゃないですか社長。だってこれ、社員旅行でしょう？　旅館だったら会席一式出てくるのは当然ですし、せめて品数くらいは揃えないと」

味は保障できませんけど、と肩を竦めて譲はキッチンへ戻る。

その後ろ姿を見送って「スゲェ新人来ちゃったな」と熊田が呟き、他の三名が無言で頷いたことは、言うまでもない。

食事の後は、社員旅行恒例だという「根岸の今年度ベストビデオ大賞」が行われた。

社員旅行では毎回、根岸が厳選したゲイビデオが披露されるらしい。根岸はプライベートで年間数百本のAVを観る剛の者だ。この企画には毎度力を入れているという。

テレビ前のローテーブルにつまみや酒をずらりと並べ、鑑賞会は始まった。最初は企業研究的なものを想像して背筋を伸ばしていた譲だったが、すぐにそういう類のものではないと気づいた。

鑑賞会が始まると、皆酒を飲みつつ「その体位は凄いな！」「今の口説《くど》き文句はマジなの、ギャグなの⁉」という突っ込みを繰り出し、終始ゲラゲラと笑い転げていたからだ。

同じ他人と観るのでも、新開と映像チェックをするときはいたたまれないような気分になるのだが、今回はそんな雰囲気にもならなかった。笑える内容ではないはずなのに、いつの間にか譲も笑いながら画面を観ていたくらいだ。

根岸はしきりに「桐ケ谷は勃った⁉」と酔っ払い特有の大きな声で訊いてきたが、反応があろうはずもない。本気で悔しがる根岸を皆が「桐ケ谷はEDだから仕方ない」と慰めているが、そもそも譲はゲイではないのだ。だが酔っ払いに正論は通用せず、譲はいつのまにやら社員全員からＥＤのレッテルを貼《は》られてしまった。

ＡＶを観終え、皆がゴロゴロし始めたのを見計らって譲はキッチンに戻った。皿を洗う水音に交じり、隣の部屋から深夜番組の声が低く流れてくる。まだ大場たちが起きているらしく、ときどきそこにはしゃいだ笑い声が重なって譲も目を細めた。

流し台に溜まっていた皿を黙々と洗っていると、背後に人が立つ気配がした。振り返るとコップを手にした新開がいる。

「あ、そのコップも洗いましょうか？」

「いや、水もらえるか？」

譲は手についた泡を洗い流し、新開から受け取ったコップに水をつぐ。

「慰安旅行のはずが、お前は全然休めなかったな」

コップを受け取った新開はどこか心苦しそうな表情だ。けれど譲は笑って洗い物に戻る。

「皆でワイワイできるだけで十分楽しかったです。こういうの、憧れてたので」

「そうか、なら……よかったかな」

水音が小さな呟きを掻き消して、譲は手を動かしながら新開を見上げる。コップの水を呷る新開の喉が上下して、唇からコップが離れた。

（あ、また赤い）

歓迎会の夜と同じく、新開の唇が赤く染まっている。大場のように舌っ足らずになることも、熊田のように笑いが止まらなくなることも、根岸のように言動が大袈裟《おおげさ》になることもないが、やはり新開も少しは酔っているらしい。

コップを流し台に置いた新開がその場に屈み込んで、流しの下から布巾《ふきん》を取り出した。立ち上がったと思ったら、流し台に積み上げられた食器を当たり前の顔で拭《ふ》き始める。

「あ、片づけなら僕が……」

「せめて最後ぐらい手伝わせろ。それより」

ふいに言葉を切った新開が、横目で譲を見て苦笑する。

「まさか本気で俺とキスしたいわけじゃないよな？」

言われて初めて、自分が洗い物の手を止めて新開の唇を凝視していたことに気がついた。譲は慌てて手元に視線を落としたが、濡れた食器が指から滑り、水を張ったボウルの底に沈んでいく。

明らかに動揺している譲を見下ろし、新開はなんでもないことのように尋ねる。

「根岸と同類か？」

「ち、違います！」

「ゲイビ観て自覚したばっかりとか」

「違うんです、その、社長の口が……お酒を飲むと赤くなるので」

ん？　と不思議そうな顔をして新開は自身の唇に触れる。触れたところで色などわかるはずもなく首を傾《かし》げていたが、しばらくすると何かに思い至ったような顔で天を仰いだ。

「そういえば実家の猫も、外で飲んでくると口元狙《ねら》ってパンチしてきたな」

「猫……飼ってたんですか？」

「ああ、酒臭いから嫌がってるのかと思ってたんだが……そうか、赤いからか？」

新開は食器を拭きながら、ちらりと舌先で自身の唇を舐《な》める。

赤い唇を掠めた舌にどきりとした。直前までＡＶなど見ていたせいかもしれない。理由はどうあれ一瞬でも新開にそんな目を向けてしまった自分を恥じ、譲はぎくしゃくと皿洗いに戻る。

隣の部屋からはテレビの音が微かに響くばかりで静かだ。皆もう眠ってしまったのかもしれない。隣室にいる皆の気配が薄くなると、隣にいる新開の存在感が際立った。

右隣にいる新開に向けている肩が、じわりと熱い。以前、冗談で新開にキスをされそうになったとき、間近に迫った体から感じた体温を思い出してしまう。

体の正面すべてで相手の体温を感じた。きっと、あれがキスの距離だ。

「何かに似てると思ったら、家で飼ってる猫に似てるんだな、お前は」

新開の声がやけに近くで聞こえ、譲の肩先が小さく跳ねた。

「大人しいんだが、ときどきとんでもない悪さもする。でも愛嬌《あいきょう》があって憎めない。露骨にすり寄ってくるわけじゃないんだけどな。なんとなく側《そば》にいて、気がつくと熱心にこっちを見てたりする」

最後の皿を洗い終え、譲は水道の蛇口をひねる。きゅ、とコックが小さな音を立て、そこに新開の柔らかな声が重なった。

「何も考えてなさそうで、実は聡《さと》い。誰も気がつかないような、相手の唇の色の変化まで、ちゃんと見てる」

声が一層近くなった気がして、見上げると新開がこちらを見ていた。

わずかに体を傾けた新開の吐息が、譲の耳の上辺りに触れる。その体勢で伏し目がちに譲を見下ろし、新開は小さく笑った。

「あんまり他人に興味がなさそうな顔してるくせに、俺には興味があるんだろうなと思うと、とんでもなく可愛い」

笑い交じりの声はやけに甘く響き、譲の心臓が大きくひとつ跳ね上がった。

別段自分に向けて言っているわけではない。新開は飼い猫の話をしているのだと、頭ではわかっているのに体が硬直した。肩だけでなく、耳や頬、額にまで新開の体温が迫ってくるようで身動きが取れない。

新開は微動だにしない譲の反応を気にした様子もなく、口元にくっきりとした笑みを浮かべると体を後ろに引いてしまう。

「後で写真見せてやろうか？　真っ白で、結構な美人だぞ」

「そ……そうですね、お願いします」

ぎこちない笑顔を作るのが精一杯だった。動揺する理由などないはずなのに心臓が大暴れしている。なんとか呼吸を整えていると、新開が大きな欠伸《あくび》をした。

「桐ケ谷、食器をしまうのは明日でよくないか？　今日はもう寝よう」

目をこすりながら、新開がまた欠伸をする。連日の激務で疲れているのは社員ばかりではない。社長の新開とて同じことだ。

「じゃあ、あとは僕が片づけておきますので……」

「お前ひとり残して寝られるか。最後までやるなら俺も手伝う」

赤い目をした新開にそんなことを言われてしまえば、譲も無理に作業を続けることができなくなる。せめてもと簡単に水回りだけ片づけて隣室に戻ってみると、そこには盛大ないびきをかいて眠りこける大場たちの姿があった。

シングルサイズのベッドは大場が占拠して、体を大の字にして寝入っている。床では根岸と熊田がローテーブルに足を入れた格好で寝転がっていた。

「あー……、テーブルどけて、下の二人はベッドに寄せるか」

新開はテーブルをダイニングに持ち出すと、すっかり寝入ってしまった根岸と大場を部屋の隅に寄せ、上から布団を被《かぶ》せた。

「俺たちはバスタオルでもいいか？　エアコンつけるから、寒くはないよな？」

「は、はい、大丈夫です……けど、あの、どこで……?」

根岸と大場は部屋の奥に置かれたベッドの元に押しやったが、残りのスペースは一畳程度しかない。

「詰めればどうにか寝られるだろう。お前は奥に行っていいぞ」

譲は力なく頷いて、恐る恐る熊田の隣に身を横たえた。

「じゃあ、電気消すぞ」

明かりが落ちて、テレビの光だけがゆらゆらと室内を照らす。すぐに新開が隣に横たわってきて、想定した以上の近さに息を呑んだ。お互い天井を向いているが、少しでも身じろぎすれば肩が触れそうな距離だ。

急に酸素が薄くなったような錯覚に陥り、譲は喘《あえ》ぐように息を吸ってから口を開いた。

「あの、僕、隣の部屋で眠りましょうか?」

「隣はフローリングだ。体痛めるぞ」

寝室は床にラグが敷いてある。それでも相当寝心地は悪いので、直接フローリングに横たわったのでは寝つくこともできないだろう。

譲は何か反論しようとしたが、上擦った声から動揺が伝わってしまいそうで口を閉ざした。新開の声はすでに眠そうで、これ以上無理に起こしておくのも気が引ける。

(他人の部屋で雑魚寝って……修学旅行みたいなものだと思ってたけど、こんなに皆の距離が近かったっけ……⁉　修学旅行ではここまで近くはなかったような……！）

詮ないことを考えているうちに、新開がテレビのスイッチを消して室内が闇《やみ》に沈み込む。唯一の光源は暗い橙《だいだいいろ》色を放つ豆電球だけだ。

暗い室内に、大場、根岸、熊田の寝息といびきが響く。早々に反対隣からも新開の寝息が聞こえてきたが、譲は仰向《あおむ》けになって目を見開いたままだ。

右側では熊田が大いびきをかき、左側には新開がいて、どちらも数センチと離れていない場所にいるので寝返りすら打てなかった。

（ね……眠れるかな……）

目を閉じると、前より一層熊田のいびきが大きく聞こえた。しかしそれよりも、左にいる新開の方が気にかかる。

なんとなく、左半身がポカポカと温かい。

直接触れているわけではないのに、新開がいる左の方が熱い。熊田も同じくらい近くにいるのに、こちらからは特に体温が伝わってこない。

不思議に思って、譲は首だけ動かし新開を窺い見た。

新開は譲に横顔を向け、静かな寝息を立てている。

（どうして社長だけ……？）

まさかとんでもなく体温が高いのだろうか。気になって、手の甲をほんの少しだけ新開に近づけてみた。触れる直前で手を止めて、本当に新開が眠っているか確認する。

橙色の豆電球に照らされる新開の瞼《まぶた》はぴたりと閉ざされ、呼吸も深い。

真っ直ぐな鼻梁《びりょう》のラインを視線で辿《たど》り、さらに新開へと手を伸ばしたときだった。

背後で「んごっ」と不可思議な音がして、腹に重たい衝撃が走った。

熊田が寝返りを打ったらしい。丸太のように太い腕が、譲の腹の上に振り下ろされる。衝撃に低く呻いた譲は慌てて口を閉ざすが、どうやら誰も起きてはいない。小さく咳《せ》き込《こ》みながら熊田の腕を引きはがそうとするが、腕というより熊田の半身が覆い被さっている状態なので、容易にその下から抜け出ることができなかった。

「く……熊田さん、苦しいです……っ」

他の者を起こさぬよう潜めた声で訴えてみたが、それすらも熊田のいびきに掻き消される。なんとか熊田の重たい体から逃れようともがいていると、先に新開が目を覚ました。

「……何してんだ?」

寝入り端の不明瞭《ふめいりょう》な声で尋ねられ、譲は救いを求めて新開を振り仰ぐ。

薄暗闇の中、新開は無理やり瞼をこじ開けたような顔をしていた。その状態で譲の窮地を視認できたのかどうかは不明だが、新開は腕を伸ばすと熊田の肩を無造作に押しのけ、譲の腕を強く引いた。

「ほら、こっち来い」

抗《あら》う間もなく譲の体はごろんと新開の方に転がって、ごく自然に新開の腕の中に収まってしまう。

背中に新開の腕が回されて、譲はまたしても身動きが取れなくなる。しかも今回は、物理的に拘束されてしまって動けない。

（あれ……あれっ⁉）

横向きの状態で新開に抱き込まれた譲は、新開の肩口で目を瞬かせる。その体勢で状況を理解するや、赤々と燃えるキャンプファイヤーの前に引きずり出されたときのように、一気に全身が熱くなった。

あたふたと新開の腕から抜け出そうとしたが、新開の腕は一向に緩まない。こうして一晩中抱いて熊田の寝返りから守ってくれるつもりだろうか。さすがに社長としての義務や責任の範疇を越えている。乱れに乱れる胸の内とは裏腹に指先ひとつ動かせないでいると、新開が譲の後ろ頭をガシガシと乱暴に撫でてきた。

譲の小さな頭を抱き寄せた新開は、譲の髪に鼻を埋め、深く息を吸い込む。

「……大人しくしろ、タマ」

タマ、と、これ以上ないほど典型的な猫の名前を呼ばれ、ようやく譲も冷静さを取り戻す。どうやら新開は、譲を飼い猫か何かと勘違いしているらしい。

（社長も、結構飲んでたからか……）

顔にこそほとんど出ていなかったが、新開もしこたま酔っていたのだろう。現に譲を抱きしめたまま、新開は寝息を立て始めている。

もう一度だけ小さく体をよじってみたが、むしろ新開の腕に力がこもっただけだった。心臓ごと抱き潰されてしまったようで息が止まり、譲は無駄な抵抗を放棄する。

（社長の体、熱い……）

アルコールのせいもあるのだろうか。頬を押しつけた新開の肩は熱く、その熱が譲に飛び火する。きっと今鏡を見たら、片方の頬だけが真っ赤だろう。

ゆっくりと上下する新開の胸に寄り添い、譲は無理やり目を閉じた。

体の脇で手を握り締め、一度は観念したつもりだったが、やはりとても眠れる気がしない。閉じようとしても勝手に開いてしまう瞼を好きにさせ、譲は新開を仰ぎ見る。しっかりと目を閉じた新開の顔は彫刻のように整っていて、慌ててもう一度目を閉じた。

心臓の音がやけにうるさい。背後で響く熊田のいびきを掻き消すほどだ。

子供時代ならいざ知らず、この年で他人と密に接触するのは初めてだからだ、と譲は分析する。そうでなければ、同性である新開に抱き込まれて心臓が暴れる理由がわからない。

（社長相手にこれじゃあ、本当に好きな人が相手だったら心臓がもたないな……）

それとも恋人同士なら、心地よさや安心感が先に立つのだろうか。こんなにも、息すら乱れるほど心臓を高鳴らせたりはしないのだろうか。

わからないまま、譲は瞼を閉じ続ける。眠れるわけもなかったが、他にどうすることもできない。

結局新開は明け方近くまで譲を抱き込んだままで、案の定まるで眠ることはできなかった。空が白々と明けてくる頃ようやく新開が寝返りを打ち、その腕から解放された譲はふらつく足取りでキッチンへ向かう。

こうして譲の初の社員旅行は、一睡もできぬまま誰より早く台所に立ち、皆のために朝食を振る舞ってようやく終了したのだった。


カレンダーをめくって五月になった。

五月に入るとすぐに連休が始まり、譲は社会人になってから初めての長期休暇を満喫した。休み中には高校時代の同窓会などもあり、いい気分転換にもなった。

連休明けは早速撮影が入っていて、譲にとっては初めての社外ロケが行われた。

撮影現場は都内のマンションだ。外から見た限りでは普通のマンションと大差ないが、その中の一室がよくこの手の撮影に使われるらしい。

出演するのは男優二名。盗撮を装った撮影になるらしいが、プレイ自体は至ってノーマルだと事前に新開が説明してくれた。

一点気になるのは、本日の主演男優が気難しく扱いづらい人物らしい、ということだ。「主演の機嫌だけは損ねるなよ。下手したら撮影中止になりかねないからな」と熊田に散々念を押されていたせいか、現場に現れたその人物を見て、譲は妙に納得してしまった。

たっぷりとミルクを入れた紅茶のような色の髪。伸びた前髪で目元を隠し、細身のジーンズに長い脚を包んでやってきたのは、仏頂面が気難しそうな、しかし文句なしに目鼻立ちの整った昴流《すばる》という男優だ。

「昴流さん、今日はよろしくお願いします！」

「……よろしく」

大場が満面の笑みで挨拶をするが、昴流はそちらを見もせずに抑揚のない返事をする。譲も撮影準備の合間に挨拶に行ったが、一瞥《いちべつ》されただけで返事もしてもらえなかった。

撮影が始まっても、昴流は気だるい表情を崩さない。

ビジネスホテルにやってきた恋人同士を盗撮している設定なのだが、部屋に入った瞬間からすでにつまらなそうな顔をしている。相手役は必死で昴流を口説くのだが、少しも嬉しそうではない。台本に沿って声の調子だけははしゃいでいるが、表情は能面のようだ。

「アンニュイな美青年っていうのも悪かないんだけどねぇ」

撮影の工程が半分終わり、休憩のため隣室へ下がった昴流を見送り熊田がぼやく。床に屈んでケーブルを巻いていた譲は、何かありましたか、と立ち上がった。

「昴流は素材はいいんだが、最近はいかんせん捨て鉢《ばち》すぎて見るに堪《た》えん。なあ、社長」

根岸とモニターをチェックしていた新開は、熊田の問いに何か考え込むような顔をしたが、すぐにきっぱりと言った。

「本人がやるって言ってるんだ。やる気はあるんだろう」

「これ以上昴流使っても、あんまり売り上げは伸びないと思うけど？」

「そうなったとしたら、そりゃ役者の問題じゃなくて撮ってる俺たちの問題だ」

淡々と返され熊田が肩を竦める。状況が呑めず、譲はそっと熊田に耳打ちした。

「あの……社長はその、昴流さんを使うことに何かこだわりが……？」

新開たちから少し離れた場所で尋ねてみると、熊田はわけ知り顔で頷いた。

「昴流は落ち目の役者なんだよ。一昔前は人気もあったが、もう年もいってるし」

「えっ……昴流さん、僕より少し上くらいですよね……？　まだ若いじゃないですか」

「世間一般にはな。でもこの業界じゃそうも言ってられんよ。その上撮影中はあの態度だ。全盛期と比べたら格段に仕事は減ってるはずだ」

「だったら、どうして社長は昴流さんを使いたがるんです……？」

「そりゃ当然、社長がお人好《ひとよ》しだからに決まってる」

あっさりと断言した熊田は、室内の状況を見回し本腰を入れて語り始めた。

「このまま落ちてくのが目に見えてる役者を捨て置けないんだよ。昴流は新人の頃からうちによく出てたし、放っておけないんだろ」

「個人的におつき合いがあるわけではなく？」

「ないよ、そんなもん。なくても切り捨てられないんだ。他人を無下にできない。社長がうちの会社に入ってきたのだって、学生時代の先輩に無理やり引っ張られたって話だぞ？」

熊田は新開より前にジャストエンターテインメントに入社している。勤続年数は二十年を超えるそうで、当然新開が入社した当時のこともよく知っていた。

熊田によると、新開は映像系の専門学校に通っていたらしく、先にジャストエンターテインメントに就職していたOBに誘われて入社したという。

「誘われたっていうより、泣きつかれた感じだったらしいな。その頃うちの会社傾いてたから、金も人手もなくて滅茶苦茶《めちゃくちゃ》だったんだ。『お前が入ってくれないと会社が潰れる！』ってその先輩に懇願されて入社したらしい」

しかし新開の入社から二年と待たず当の先輩は離職。にもかかわらず、新開は律儀に会社に残った。傾きかけた会社を見捨てるのも寝覚めが悪かったのだろう。その勤勉さのおかげばかりではないだろうが、会社も一時は持ち直したそうだ。

「でも前の社長は結構いい年だったから、倒産の憂き目に遭ってすっかり意気消沈しちゃったんだな。もう何年も前から会社をたたむって言い続けてたんだけど、俺と根岸が必死で止めてさぁ。でも二年前にとうとう新開に会社を丸ごと譲っちまったんだわ」

しみじみとした熊田の台詞《せりふ》に譲は深く頷く。人に歴史あり、会社に歴史あり。ジャストエンターテインメントも波乱の歴史を歩んできたらしい。

「そのとき社長はいくつだったんですか……？」

「三十二とかじゃなかったか？　本人は迷ってたみたいだけど、俺たちが全力で後押ししたんだよ。社長が新開に会社譲るって言ったときは社員も何人か辞めちまって、古株は俺と根岸ぐらいしか残ってなかったしな。その中じゃどう考えても新開しか適任がいないだろ」

譲は素直に頷こうとして、当人を前にそれもどうかと思い留まる。しかし熊田は気にした様子もなく、過去を語る口調はどこか楽しそうですらあった。

「新開が社長になってからバイトで大場も入れて今の状態になったわけだけど、意外と売り上げは安定してるよ。新開も無理やり社長なんか押しつけられて、いつ辞めるかなーと思ってたんだけど、あいつ義理堅いからさ。前社長が立ち上げた会社を潰しちゃあ面目が立たないって頑張ってんだよ」

新開の人となりが窺い知れるエピソードだ。

大きな体で、目つきが鋭くて、一見すると粗野で大雑把に見えるものの、その実新開は濃《こま》やかに周囲を見ている。人手の足りないところには自ら足を向け、押しつけがましくなく仕事を済ませ、また静かに立ち去っていくようなところがある。

熊田、大場、根岸とまったく個性の異なる社員たちが、息苦しさも感じさせず同じ職場で働けるのは、新開が潤滑油になってくれているからなのかもしれない。

「お前も多分、おんなじような理由で採用されたんだろうな」

急に話題が自分へ及び、譲は困惑と驚きの中間のような中途半端な顔になる。その表情ごと、熊田は豪快に笑い飛ばした。

「ここで自分が桐ケ谷を採用してやらなかったら、もうどこからも採用されないとでも思ったんじゃねぇの？　放っとけなかったんだよ、お前のことも！」

「熊さん、そろそろ撮影再開するぞ」

詮ない話を打ち切るように、部屋の対角で新開が呆《あき》れを含んだ声を上げる。

振り返ると、新開が複雑な表情で譲を見ていた。一応新開から距離はとっていたのだが、地声の大きな熊田の声は筒抜けだったらしい。譲を採用した理由について何事かフォローしたそうな顔だ。

譲は大丈夫だと示すように小さく笑い、そっと新開から視線を逸らした。

新開から目を逸らすとき、微妙に緊張するようになったのはここ最近のことだ。うっかりするとわざとらしくなってしまいそうで、いつも瞳を動かすスピードに苦心する。

原因は、恐らく数週間前の社員旅行だ。新開に抱きしめられて眠ってからというもの、新開の顔を見ると否応《いやおう》なくあの夜のことを思い出す。譲の背中を抱く腕の力強さや、頬を寄せた胸の広さや、じりじりと肌を焼くような体温の高さはまだ記憶に鮮明で、意識すまいと思うと逆に動きがぎこちなくなる。

新開は寝惚《ねぼ》けていたので当然あの夜のことは覚えておらず、だからこそ一層新開に何も気取られまいと気を遣った。

少し時間を置いてから再び新開へ視線を向けると、新開は根岸と何事か話し込んでこちらを見ていなかった。ようやく肩から力を抜くと、同時にベランダで大場の声が上がる。

「次のシーンどこからいきます？　ベランダ出ますか？」

こういうときの譲はほとんど脊髄《せきずい》反射で動く。譲は脇目もふらずベランダに駆け寄ると、大場と熊田の間に割って入った。

「ベランダで撮るんですか⁉」

「ちょこっとだけな。昴流だけ……」

「服着てですよね⁉　全裸でベランダに出たら公然わいせつ罪になるんじゃ……！」

「いや、全裸」とあっさり返され譲は顔色を変えるが、対する大場は呆れ顔だ。

「桐ちゃん、ここ何階だと思ってる？　下からじゃ見えないよ」

「でも海外では自宅の室内でも、外から全裸が見えると罪に問われると……！」

「ここは日本だろうが。お前のその犯罪に対する危機感の高さはどこから来てるんだよ」

熊田にチョップをされ、譲は不承不承口を閉ざす。それでも楽観視することはできず下の様子を窺っていると昴流が戻ってきて、撮影が再開された。

はらはらしつつもベランダでの撮影を終えると、いよいよベッドシーンだ。各自所定の位置につき、ベッドに座る男優二人をライトの光が照らし出す。熊田がカメラを覗き込み、新開がスタートの声をかけると、昴流が荒々しくベッドに押し倒された。

男性の一糸まとわぬ姿は見慣れた譲だが、同性間だろうと他人の情事を目の当たりにするのはまだ慣れない。接合部を直視することはおろか、後ろから腰を抱えられる昴流の姿を見ていることすら憚《はばか》られ、俯くまいと顔を上げているのが精一杯だ。

「あ……っ、あぁ……っ」

後ろから男優に揺さぶられる昴流の目の前では、枕の横に手をついた男優の左手がシーツに埋もれている。長い前髪の隙間でぼんやりと目を開けた昴流は、相手のその手を目にした途端、眉根に細いシワを寄せた。

唐突に、昴流が男優の左手に噛みついた。事前の打ち合わせにはない動きだ。元々脚本に細かい動きが書かれているわけではなく、その場その場で熊田や新開から指示が出ることも多いのだが、とっさに出たような昴流の仕草に譲は目を奪われる。

（……怒ってる）

昴流の横顔に、微かな怒りが滲んでいる。それは撮影前から漂っていた倦怠感と地続きのそれではなさそうで、どうしてか強く譲の印象に残った。

これが新開の言う「ぐっとくる表情」なのだろうか。しばらく考え込んでから、譲はハッ

とした。昴流を突き上げる男優の左手に、日焼けの跡があることに気づいたからだ。

なるほど、と納得しているうちにシーンは進み、再びカットがかかった。

映像のチェックをするため短い休憩に入り、昴流はさっさと控室に戻ってしまう。その直前、部屋の近くにいた譲に「喉乾いたから何か飲み物持ってきて」と声をかけてきた。

役者から仕事を言いつけられるのは初めてだ。あたふたしつつも、譲はクーラーボックスから飲み物を取り出す。

昴流は扱いにくいと言うし、ここは注意が必要だ。呼吸を整えてから、昴流が控室代わりに使っている部屋の扉を叩く。すぐに気だるい返事があって、扉を開くとガウンを着た昴流がパイプ椅子に座って煙草《たばこ》を吸っていた。

「お疲れ様でした。残りワンシーンで撮影も終わりだそうですから」

簡易テーブルにコップを置きながら譲が告げると、昴流は「あそ」と短く応えて紫煙を吐いた。挨拶をしても目も合わせてくれなかった朝を思えば、まだましな反応かもしれない。

そのまま立ち去ってもよかったのだが、直前に見た撮影風景がまだ頭から離れず、譲はそろりと昴流に尋ねた。

「今回は、既婚男性と不倫している設定ですか？」

質問が唐突すぎたのか、昴流が形のいい眉を跳ね上げて譲を見上げる。美形の不機嫌そうな顔は迫力満点で、譲は慌てて言葉を添えた。

「さっき、怒った顔で相手役の指に噛みついたので……あの方、左手の薬指に指輪の日焼け跡がありましたよね。だから、もしかしてそういう設定で演技しているのかと」

もちろん、脚本にそのようなト書きはない。役者の左手に指輪焼けがあったのも、演出ではなくプライベートで指輪をしていただけだろう。

だが、昴流はその指輪の痕《あと》を見て怒ったような、傷ついたような顔をした。指輪の痕とその表情を見比べれば、自然とその理由は思い浮かぶ。きっとあれは、昴流が独自に考えた設定だったのではないか。

煙草を咥《くわ》えた昴流が目を眇《すが》める。煙が染みたようにも、譲の顔をまじまじと見たようにもとれる表情だ。品定めでもされているようで固くなる譲を見上げ、昴流はテーブルに置かれた灰皿でタバコの火を揉《も》み消した。

「……別に」

「あ、特に意識してなかったですか……」

勘違いだったのなら恥ずかしい。余計なことを言うのではなかったと若干後悔しつつ部屋を出ようとしたら、昴流がぽつりと呟いた。

「俺本当は、役者になりたかったんだよね」

譲は立ち止まり、言葉の意味を捉《とら》えかねて首を傾げた。

「なってるじゃないですか、役者さんに」

「AV男優でしょ？　役者って呼んでいいのかも謎だわ」

嘲《あざけ》るように笑って昴流は煙草の箱に手を伸ばす。譲は理解が追いつかず、それでも懸命に考えて言葉を紡いだ。

「でも、カメラの前で演技してることは一緒ですよね……？　脚本に書いていないことまで綿密に考えて、観ている方にもいろいろ想像させるような演技をするのは、やっぱり一緒ではないでしょうか……？」

「AVにそういうのは必要ないんだって」

煙草を咥え、昴流は苛立《いらだ》った様子でライターのホイールを回す。ガスが足りないのか、なかなか火がつかない。険しい顔の昴流に対し、譲は意外な表情も隠せず言った。

「そうなんですか。知りませんでした」

譲の声には純粋な驚きが含まれていて、昴流の指先が静止する。少し伸びた昴流の爪がホイールに引っかかって欠けてしまわないかに気を取られ、譲はその瞬間の昴流の表情をあっさりと見逃した。

「でも、昴流さんのあの演技はあったた方がよかったと思います。不倫してるの、ちゃんとわかりましたから。……あの、ガスコンロとか使った方がよくないですか？」

ライターは諦《あきら》めキッチンで煙草に火をつけては、と提案しようとして、譲は失言に気づき慌てて口をつぐんだ。うっかり昴流が不倫関係を演じている前提で語ってしまったが、それは昴流に否定されたばかりだ。

「あ、いえ、すみません、素人が的外れなことを……」

「……まあね。この部屋ガスが通ってるかもわかんないし」

そっちの話まで的外れだったか、と反省する譲の前で、昴流は譲が用意してきたコップに口をつけた。たちまちその顔が歪《ゆが》んで、またしても譲は肝を冷やす。

「何これ、甘い」

「は、はちみつ檸檬《れもん》です。自家製の……」

「自家製って……アンタが作ってきたの？　うわ、てっきり自販機で買ったドリンクかなんかだと思ったのに……」

昴流が渋い顔でコップの中を覗き込む。男の手作りに抵抗があるのかもしれない。

「や、役者さんはたくさん声を上げるので、喉が疲れるのではないかと思いまして……昴流さんも少し声が掠れてましたし……」

「掠れてる方が色っぽいからだよ」

「わっ、わざとでしたか、失礼しました……！」

主演の機嫌は損ねるなと撮影前に熊田から厳命されていたので、譲は必死で言葉を選び、そのたび昴流に突っ込まれて目の前が白くなる。ここで昴流が怒って帰れば撮影は中止だ。深刻な顔で視線を下げたら、ははっ、と昴流が短く笑った。

現場にやってきてからほとんど感情を表に出さなかった昴流の笑い声に驚いて、譲は弾かれたように顔を上げる。

「冗談だって。ちょっと甘すぎるけど、悪くない」

そう言って、昴流はコップの中身をゆっくりと口に含んだ。口元には微かに笑みが浮かんでいて、初めてその表情が穏やかなものになる。

それでもまだドギマギと昴流の表情を窺っていると、コップの縁からこちらを見た昴流がわずかに目を細めた。どうやら最初から、あたふたする譲をからかっていただけらしい。体から、ドッと力が抜けていく。

「すみません……次はもう少し薄めに作ります」

「それがいいだろうね。あと役者は腹筋鍛えてるから、あの程度じゃ喉壊さないよ」

「か、重ね重ね、失礼しました」

深々と頭を下げる譲を笑い飛ばし、行っていい、とばかり昴流は部屋の入り口を顎でしゃくる。譲も一礼して部屋を出た。

そして迂闊《うかつ》な譲は今回も気づかない。

最初は役者であることを否定した昴流が、最後は自身を役者と言ったことに。

撮影を終えると、大きなバンに機材を乗せて現地解散という運びになった。新開は機材を会社に運んでから帰宅するという。

熊田、大場、根岸が駅へ向かう中、譲だけは新開と車に乗り込み会社に向かった。事務所に携帯電話を忘れてきたことに撮影中気づいたからだ。

会社に着くと、譲は新開を手伝い機材を社内に運び入れた。搬入作業が終わると、倉庫でどちらからともなく大きな溜息をつく。

二人きりのフロアは静まり返って、新開がこちらを向く衣擦《きぬず》れの音さえよく響く。互いの視線が交差して、妙に落ち着かない気分になった譲は意味もなく口元を手で拭《ぬぐ》った。

「どうだった、今日の撮影は。何か気になる点とかあったか？」

譲の緊張には気づかぬ様子で新開が声をかけてくる。譲は一歩後ろに体を引きつつ、そうですね、と口の中で呟いた。

「一点、昴流さんの演技で気になった個所があって……不倫設定で演技をしているように見える場面があったんですが……」

「なんだそれ、そんなシーンあったか？」

新開が興味を引かれた顔で譲に歩み寄り、こっそり離した距離が再び縮まった。

思わずもう一歩後ろに下がったら、床に積み上げられていた段ボールに腰がぶつかった。弾みで段ボールの上に重ねられていたＤＶＤが床に落ち、慌ててその場にしゃがみ込む。

「あの、僕が勝手に思っただけなんですけど、印象に残ったシーンだったので」

「そうか、ちょっと観たいな。少し時間いいか？」

新開もその場に膝をつき、譲と一緒にDVDを拾いながら尋ねてくる。期せずしてさらに距離が近くなり、譲は自分の靴の爪先に視線を落としたまま何度も頷いた。

DVDを譲に手渡した新開は、編集室の準備をしてくると言い残して部屋を出ていく。廊下の向こうに新開の足音が遠ざかり、譲はホッと息を吐いた。

（……何をこんなに緊張してるんだろう、僕は）

なんとなく、新開が近づくと周囲の温度が上がる気がした。特に顔から上だけ熱くなり、のぼせたようになってしまう。

先日の社員旅行からではない。歓迎会でキスの距離を教えられたときから、ずっとだ。空気越しに新開の体温を感じてしまう。

自分でも不可解な反応に首を傾げ、譲は拾い集めたDVDを段ボールの上に戻す。どれも自社の作品らしい。その中に『幼な妻』というタイトルを見つけ、手を止めた。

以前このタイトルを耳にしたとき、ゲイビデオになぜ妻という単語が出てくるのか不思議に思ったが、パッケージを見て朧に了承した。全裸にエプロンをつけた男性が、お玉を咥えてこちらを見ている。男性同士のカップルでも、夫役と妻役とで役割分担があるのだろう。

（これ、確か社長がカメリハしたって言ってたな……）

歓迎会のとき根岸が言っていた。男優が新開をカメリハに指名してきたと。指名したのはパッケージに写っている男優だろうか。金髪で、耳にいくつもピアスをつけている。けれど顎のラインは華奢《きゃしゃ》で、顔立ちも悪くない。

カメリハがどこまで本番さながらに行われるのかはわからない。だが、少なくともキスはしたと言っていた。抱き合ったりもしたのだろうか。今日の撮影で、昴流たちがベッドの上でしていたようなことを、新開とこの男優も。

想像してみたら、見たこともない新開の裸体が容易に思い浮かんでしまい、譲は慌ててDVDを段ボールの上に置いて倉庫を出た。

（な、何考えてるんだ、不謹慎な……）

手の甲でひたひたと頬を打ちながら給湯室へ向かう。見なくともそこが熱くなっているのがわかって、はしたない想像をしてしまった自分を恥じた。

せめてもの罪滅ぼしのつもりで飲み物の用意をして、譲はコップの載った盆を手に編集室へ向かう。

編集室では新開が機材の前に座っていた。モニターにはまだなんの映像も現れていない。

「悪い、事務所行ったらメールが溜まってたもんだから、まだ準備が……」

手元を動かしながら顔を上げた新開は、譲が盆を持っているのを見て目を瞬かせた。盆の上のコップには、輪切りにした檸檬が浮いている。

新開に物問いた気な目で見上げられ、「檸檬水です」と譲は微笑む。

「家から持ってきた檸檬が少し余ったので。社長、撮影中はずっとコーヒー飲んでましたよね。少しカフェイン抜きの水分もとった方がいいですよ」

譲からコップを受け取った新開は、しばしぼんやりした顔で檸檬の浮かんだ水を眺めてから、一息でそれを飲み干した。

「……いいな、これ」

コップを空にした新開は顔を洗った直後のような顔をして、片手で顔面を拭った。掌の下から長い溜息が漏れ、新開の体がたっぷりと疲労を吸い込んでいるのが窺い知れる。

撮影は長丁場だ。新開は毎回そこで撮影の段取りを決め、スタッフと役者の全員に目を配っているのだから、疲れるのも当然だろう。

「もしよければ、夜食でも買ってきましょうか？　社長、お昼もまともに食べてませんでしたよね？」

「あー……そうだな」

「もう遅い時間なので、うどんとか、消化によさそうなものを」

おっとりと譲に提案され、新開が顔を覆う片手をずらした。急に今日一日の疲れを自覚したのか、少しだけぼんやりした目をしている。

「……お前は、本当に」

譲を見上げ、新開が呟く。続く言葉が想像できず小首を傾げると、新開の手の下からくぐもった声が漏れた。

「嫁にしたいぐらいだな」

「えっ」

ひょいと投げられたダーツの矢が心臓の中心に刺さったようで、譲は声を失い呼吸も忘れる。息を詰めて新開を凝視していたら、ぼんやりした新開の顔からもサッと眠気が引いた。己の発言の不用意さを悟ったらしく、新開は椅子の背凭れに預けていた体を跳ね起こした。

「冗談だ！　真に受けるな！」

「すみません！　真に受けました！」

新開の大きな声に驚いて譲の声まで大きくなる。その上出てきた言葉は掛け値なしの本音だ。完全に真に受けた。

新開はむしろ馬鹿真面目な譲の言葉に毒を抜かれたような顔をして、参った、とばかり苦笑を漏らした。

「旅行のときもそうだったが、お前に下手なこと言うと実行に移されそうだからな」

「さ、さすがに嫁は実行に移しようがない気も……」

そりゃそうだ、と喉の奥で低く笑って、新開が譲に手招きをする。準備が整ったらしい。新開の隣に椅子を引き寄せ、譲もモニターを覗き込む。だが、新開が何気なく口にした言葉はまだ頭から離れない。短い台詞が何度も頭の中で再生される。

（な……何をこんなに動揺してるんだろう……？）

倉庫で『幼な妻』などというタイトルのＤＶＤを見てしまったからだろうか。男性同士のカップルでも、夫婦的な役割分担があると考えたせいか。

一瞬で、実に鮮明に新開と自分が夫婦になる様を想像してしまった。

（何を考えてるんだ、僕は。……そうか、もしかして、僕も疲れてるのか）

そういうことにしてしまおうとしたら、唐突になまめかしい喘ぎ声が室内に響き渡り、譲はビクッと肩を震わせた。

「どの辺だ？　これより前のシーンか？」

モニターの中で、昴流が白い体をくねらせて喘いでいる。細い腰を相手役の男優に摑んで引き寄せられ、声に滲む喜悦が濃くなった。

新開と二人で映像チェックをするのは初めてではないはずなのに、今日に限ってとてつもなく動揺した。画面の中の昴流からとっさに目を逸らし、譲は小さく唾《つば》を飲む。

「う、後ろから……されてるときでした」

「じゃあもう少し前だな……」

新開の態度は普段とまったく変わらない。あたふたしているのは自分だけだ。

深呼吸を繰り返す譲の横で、ふと思い出したように新開が口を開いた。

「そういえば、昴流の控室に呼ばれたとき、あいつとなんの話したんだ？　飲み物置いてくるだけにしては長かったみたいだが……」

　譲が昴流に呼びつけられたとき、周囲に他のスタッフはいなかったはずだが、新開は遠目にそれを見ていたようだ。よく社員ひとりひとりの動きを把握しているものだと感心しつつ、譲は息を整える。

「指を噛んだシーンの直後だったので、不倫関係を意識して演技したのか訊いてみました」

「そしたら、なんて？」

「別に、とだけ……。だから僕の、勝手な想像かもしれないんですが」

「いや、昴流は結構考えて演技するからな。返事が素っ気ないのもいつものことだ。他にはどんな話をした？」

　新開が目的のシーンに辿り着くまで、譲は問われるままに昴流との会話を再現する。昴流が役者になりたいと言ったことや、はちみつ檸檬が甘すぎると言ったこと。他愛もない会話に、新開は静かに耳を傾ける。

「喉を酷使するのではちみつ檸檬を用意していったんですが、役者は腹筋を鍛えているからこの程度じゃ喉を壊さないと言われました」

　新開が一瞬モニターから目を離して譲を見た。昴流が自ら役者と口にしたことに、新開はきちんと気づいたらしい。そうか、と呟いて再びモニターに視線を戻す直前、目元に温かな笑みが浮かんだ。

大きな体に似合わない優しい笑みに、譲は何度でも目を奪われる。目尻に浮かんだ笑みの名残《なごり》にいつまでも見惚《みと》れていたら、ようやく目的のシーンが画面上に現れた。

「ここか?」と声をかけられ、譲は我に返って男優の左手を指差した。

「薬指に指輪の日焼け跡があるの、わかりますか? 昴流さん、これを見た瞬間怒ったような顔をするんです。……ほら」

「ああ、本当だ。だから急に噛みついたのか」

新開も、脚本にない昴流の演技は気になっていたらしい。何度かそのシーンを巻き戻し、納得したように深く頷く。

「桐ケ谷、お前よく気がついたな」

画面に視線を向けたまま、新開が無造作に譲へ手を伸ばしてくる。大きな掌が頭の上に落ちたと思ったら、ぐしゃぐしゃと遠慮なく頭を撫でられた。

「どうりで、最後のシーンだけ昴流の気合の入り方が違ってたはずだ。お前がちゃんと、昴流の演技を見てたからだったか」

頭が前後に揺れるくらいの力で撫でられ、譲は返事をすることもできない。そうでなくとも手放しに褒められ、胸が一杯で声が出なかった。

ようやく手が離れたと思ったら、乱れた前髪の隙間で新開がちらりと笑うのが見えた。

「嫁なんかじゃなくて、優秀な社員だよ、お前は」

「あ――ありがとう、ございます」

ぼさぼさ頭のまま、譲はぎこちなく新開に頭を下げる。新開に褒められて嬉しい、はずなのに、なぜか胸を占めていた歓喜がしおしおとしぼんでいく。

優秀な社員。それは譲にとってこの上もない褒め言葉だ。だが。

（嫁にしたいって言われたときの方が……嬉しかった、ような……？）

まさか、と思ったものの、自分の心の動きは自分が一番よく理解している。心臓が一回り大きくなったようなあの感覚は、確かに喜びに基づくものだった。

（や、やっぱり疲れてるんだ……それとも『幼な妻』なんてタイトル見たから――）

自分の思考のどこに焦点を合わせればいいのかわからなくなってきて、譲は頭を一振りする。モニターの中では、昴流が相手の男優に後ろから貫かれ嬌声を上げているところだ。

（……社長も、カメリハであんなことを……？）

まさか全裸にはならないだろうが、ベッドの上でもつれ合うくらいはしたのだろう。

あれだけ他人と体が密着するのはどんな気分だろう。新開のことだから、案外淡々とこなしたのだろうか。それとも、歓迎会で譲にキスを仕掛けたときのように、少しだけ悪戯《いたずら》めいた顔をしていたのか。

あのとき、譲は初めてキスの距離を知った。他人の肌の匂いが鼻先に迫るあの距離感は、思い出しても心臓が落ち着かなくなる。

いつのまにか歓迎会のワンシーンを何度も脳内で再生している自分に気づき、譲は慌ててモニターに意識を集中させる。その瞬間、昴流に覆い被さっていた男優が昴流の肩に嚙みついた。

そのとき、社長もこういうことしそうだな、と、どうして思ってしまったのか。

直前まで新開が男優と絡む様を想像していたせいかもしれない。思うが早いか、昴流の肩に歯を立てた男優の顔が一瞬で新開のそれにすり替わる。同時に腰骨の辺りから首の裏まで、背中の産毛を一気に逆撫でされた気分になって、譲はギョッと目を見開いた。

(あ……っ、れ?)

昴流の喘ぎ声はまだ途切れない。それどころかどんどん熱を帯びていく。男優が昴流の腰を抱え直し、抽挿《ちゆうそう》が一層激しくなった。

『や、あぁ……っ、あぁんっ！　いい、いいっ！』

切れ切れに訴える昴流の耳元に、男優が唇を寄せた。何か囁いている。昴流の嬌声で搔き消され、何を言ったのかはわからなかったが、耳の奥で先日聞いた新開の声が蘇った。

『……タマ』

猫の名前だ。

まったくどうということもない単語ひとつだ。だが、酔った新開の腕の中で聞いたその声と、耳を撫でた吐息、頰を押しつけた胸の硬さを思い出した途端、譲の腰に震えが走った。

「……なるほどな。ちょっとここの編集は根岸と相談するか……。桐ケ谷？　どうした？」

それまで真剣な面持ちでモニターを見詰めていた新開が、ようやく譲の異変に気づいた。椅子に腰かけ、上体を前に倒す譲を見て目を瞬かせている。

譲は前のめりになったまま何も言えない。新開が何も気づかないことを切に願ったが、残念ながら新開もそこまで鈍感ではなかった。

「あ、ＥＤ治ったのか？」

あっけらかんと口にされ、譲の耳が燃えるように熱くなった。

たった今、下腹部で起こった変化が自分でも信じられない。出社初日、女性が出てくるＡＶを観ても何も反応しなかったというのに、なぜゲイビデオで勃起《ぼっき》してしまうのか。

うろたえて、譲は前のめりの体勢で上擦った声を上げた。

「ち、違うんです、僕は……っ、そ、そういう趣味では……っ」

「ああ、わかるわかる。疲れてると妙なタイミングで勃ったりするよな」

からりと笑って、新開が譲の丸まった背中を叩く。

「今日はお前、目一杯働いてたもんな。ケーブルの捌き方もなかなか様になってきたし。でもあれ、見た目以上に重いからきつかっただろ」

モニターの電源を落としながら、新開は笑いを含んだ口調で続ける。

「音を上げたら手伝ってやるつもりだったんだけどな。一言も泣きごと漏らさないもんだから、手を貸してやる隙がなかった」

根性あるな、と、優しく背中を叩かれる。心臓を直接叩かれたようで、息が止まりそうになった。

「この調子なら、『お前が現場にいなくてどうする！』って熊さんたちに怒鳴られる日も近いだろ」

面白がるような新開の言葉で、入社直後の失態を思い出した。

初めての現場で気を失った日、誰からも咎められなかったことに安堵するより、それだけ現場に必要のない人間だったのだと気落ちした。そんな譲を、新開は今と同じような言葉で宥《なだ》めてくれた。

（……覚えてくれてたんだ）

些細《ささい》な会話を記憶にとどめてくれていた新開に、じわりと胸が温《ぬく》もった。背中に置かれた掌からも同じ速度で新開の体温が伝わってきて、それは腰の奥に溜まった熱に直結する。

（——……あれっ⁉）

モニターはとっくに沈黙しているというのに、またしても下腹部に熱が溜まってきて譲は激しく狼狽する。背中に置かれた新開の手が熱い。つられたように体温が上がる。

「ともかく、ＥＤが治ったのは喜ぶべきことだな。おめでとう」

笑いを潜ませた口調で言って新開が背中から手を離してくれたときは、心底ホッとした。

なかなか体を起こせない譲を気遣ってか、新開は「まだ仕事が残ってるから」と一足先に事務所へ戻っていく。

ひとり編集室に残った譲は、蒼白《そうはく》な顔で深呼吸を繰り返す。自分でも、何に体が反応してしまったのか判然としない。新開の言う通り疲れていたからなのか、昴流の真に迫った演技のせいか、はたまた他人の体温に過剰反応してしまったのか。

（つ……疲れてるから、だ……）

他にどんな理由があるのだと、譲は引き攣った顔で笑う。

けれど背中に触れた新開の手の感触はなかなか消えず、それどころか今も背に新開の掌が貼りついているようで、譲は一向に椅子から立ち上がることができなかったのだった。


月曜日、ジャストエンターテインメントでは毎週社内会議が行われる。

会議といえば、いつもは事務所の中心に椅子を寄せ、社員が好き勝って並べた意見を新開がホワイトボードに書くのだが、今日は少々勝手が違った。

「じゃあ、何か意見のある奴、挙手」

司会進行は例によって新開だが、そこは会社の事務所でなく、撮影現場に向かうバンの中だ。新開は助手席にいて、運転席では熊田が軽やかにハンドルを切っている。

譲と大場、根岸の三人は後部座席に座って、ああでもない、こうでもないと新しい企画を口にする。しかしどうしても人間の思考はワンパターンに陥りやすいようで、なかなか目新しい発言は出てこない。

そんな中、それまで黙ってハンドルを握っていた熊田が口を開いた。

「思ったんだが、桐ケ谷を出してみたらどうだろう」

それまで賑やかだった車内が、唐突な静けさに包まれた。後部座席の両脇に座っていた大場と根岸が、真ん中に座る譲に目を向ける。バックミラー越しに新開がこちらを見るのもわかった。当の譲は、想定外の提案に驚いて声も出ない。

「……なんで桐ちゃん？」

最初に口を開いたのは大場だ。その場にいる全員の代弁ともいえる。

赤信号で車を止めた熊田は、ハンドルに顎を乗せて低く呻った。

「なんつーか……桐ケ谷にはちょっと色気がある気がする。嗜虐心《しぎゃくしん》をそそるような」

「ＳＭに出したいってことか？」

横から新開が尋ねてくる。思いがけず落ち着いた声だ。まさか新開も賛成なのかと、譲は後ろからその横顔を凝視する。

熊田は新開の問いに即答せず、信号が変わるとゆっくりアクセルを踏み込んだ。

「ガチのＳＭじゃなくても、Ｓっ気のある役者と絡ませたら面白そうだな、と……」

「でも桐ケ谷は役者志望じゃないぞ」

「一回ぐらい経験してもいいんじゃないの？　役者の立場がわかった方が今後の撮影準備もスムーズにいくかもしれないし。そういえば桐ケ谷、ＥＤ治った？」

熊田の問いを受け、思わずバックミラーで新開の表情を窺うと鏡越しに目が合った。新開がいなければ治っていないと嘘をつくこともできたが、新開には先日編集室で勃起したところを見られている。

「ど……どうでしょう……」

そもそもＥＤではない、という事実はこの際脇に置き、回答をぼかすことしかできなかった。

だが、どっちつかずな答えは思いもよらない方向に話の道筋を作ってしまう。

「だったら現場で確かめてみるか」

熊田がさらりと何か言った。コンビニ寄るか、くらいの軽い調子だったので、思わず「はい」と返してしまってから譲は硬直する。

(確かめるって……どうやって？)

訊きたかったが、怖くてできない。

まさか皆の前で具体的に検証するわけではないだろう。そう高をくくっていた譲だが、ここはＡＶの製作現場。下半身に関して、スタッフは容赦も遠慮もまるでなかった。

「はい、桐ケ谷。こちら今回の主演、鈴木《すずき》氏。じゃ、ちょっと絡んでみて」

撮影現場のビジネスホテルに主演が到着するなり、事もなげに熊田に言い放たれ、譲はしばらく身じろぎすることもできなかった。

熊田の隣には、黒髪を綺麗に整えた好青年が立っている。サラリーマンという役どころらしくスーツを着て、朝のホームに立っていたら違和感なく周囲に溶け込んでしまえそうな柔和な顔立ちだ。

本名か芸名かはわからないが、鈴木はにこやかに笑って譲に近づいてきた。

「今日の相手役、この子じゃないですよね？　バイト君？」

「いや、春から新しく入ったうちのスタッフ。役者として使えないかと思ってさ。ちょっと弄《いじ》ってみてよ」

「いいんですか？　じゃあ、ちょっとだけ」

ニコニコしながら鈴木が手を伸ばしてきて、譲は反射的に後ずさりをした。

「あ、あの、あの、熊田さん⁉」

鈴木の肩越しに裏返った声で熊田を呼ぶと、はいよ、とのんきな返事があった。

「た、確かめるってまさか、ここで何かするんですか⁉」

「そのつもりだけど。鈴木氏、そいつＥＤっぽいから」

「わかりました、お任せください」

熊田の言葉を引き取って、鈴木が譲の腕を摑む。愛想のいい営業マンのような笑みを浮かべた鈴木に引き寄せられ、本気で譲の腰が引けた。

「くっ、熊田さん、無理です！　ぼ、僕男の人は、その……っ！」

「大丈夫だって、相手はプロだから」

熊田は気楽に言うが、何が大丈夫なのかてんで理解が及ばない。周囲を見回しても、大場と根岸は撮影準備に忙しくこちらを見向きもしないし、新開も一応こちらを見ているものの、熊田を止める素振りはない。

あたふたしている間に鈴木に後ろから抱き込まれ、首筋に顔を埋められた。襟の間から生ぬるい吐息が吹き込まれ、譲は悲鳴じみた声を上げる。

「うわーっ！　無理です！　すみません！　た……っ、勃ちません！」

「いくら僕がフェロモンの塊でも、この程度ではそりゃ勃たないよ」

首元で鈴木が爽《さわ》やかに笑う。その間も鈴木の手はシャツの上から譲の胸を探り、腰を辿って下半身へと伸びる。

ズボンの上から躊躇《ちゆうちよ》なく下腹部を触られ、譲はヒッと喉を鳴らした。最早《もはや》声も出ず、鈴木のするに任せるしかない。

鈴木は譲よりも背が高い。新開ほどではないが、後ろから強く抱き込まれると身動きもとれなくなった。力で押さえ込まれることに慣れていない譲は、混乱と羞恥《しゅうち》と、微かな恐怖に襲われる。体が内側へ向かって収縮するようで、上手く動けない。

「……熊田さん、この子本気で怯《おび》えてるみたいだけど？」

一切言葉を発さず、身を硬くして動かなくなった譲を危ぶんだのか、ようやく鈴木が譲から腕をほどいた。

「勃った？」

「いえ、そんな素振りもありませんね」

えー、と熊田が不満げな声を上げる。背後から鈴木が離れる気配があってホッとしたのも束の間、すぐに傍らに大きな影が立って、譲は体を硬くした。

だが、恐る恐る見上げた先にいたのは鈴木ではなく、新開だ。

「気が済んだか、熊さん」

熊田と鈴木から庇《かば》うように譲の前に立った新開は、青白い顔をする譲を見下ろし、悪いな、と唇だけで囁いて熊田と向き合う。

「一遍やってみてわかっただろ。こいつのＥＤは治ってない」

「でもモザイクかければ実際勃たなくてもわからないんじゃないか？」

「視聴者にはわからなくても相手役にはわかるだろ。鈴木さん、こいつと絡めって言われたらどうします？」

　話を振られた鈴木は、そうだねぇ、と首をひねった。

「そこまで怯えられちゃうと、正直やりづらいなぁ。素人さんを相手にしたこともあるけど、そのときはちゃんと相手が了解してくれてたし」

　ほらな、と新開に声をかけられ、熊田は不満げに鼻を鳴らした。

「ありだと思ったんだけどなぁ、桐ケ谷主演」

「上品で綺麗な顔してるから、視聴者の食いつきはいいと思いますけどねぇ」

　言いながら鈴木が譲の顔を覗き込んでくるので、とっさに譲は新開の後ろに身を潜める。その反応を見た鈴木が「難しいですよ」と苦笑して、ようやく熊田も諦めたようだ。鈴木とともにその場を離れた。

　ホッと胸を撫で下ろすと、新開に軽く肩を叩かれた。

「悪かったな、途中で止めてやれなくて」

「あ、い、いえ……」

「熊さんは一度言い出すと聞かないから、気が済むまでやらせるしかなかった。青い顔してるけど、大丈夫か?」

「はい、少し……驚いただけで……」

　弱々しく笑う譲の肩を、もう一度新開が叩く。

「無理やり出演させるなんて絶対ないから、心配するな」

肩から手を離す直前、新開が少し力を込めて譲の肩を摑んだ。その瞬間、動揺してふわふわと落ち着かなかった心がどっしりと安定感を取り戻すのを感じ、譲は新開を仰ぎ見る。新開は譲を見返して軽く頷くと、撮影の準備へ戻っていく。その広い背中を見送って、譲は小さく息をついた。

（……あの人の言葉は、どうしてこんなに簡単に信じられるんだろう）

新開の言葉には不思議な重みがある。大丈夫だ、と言われると素直に信じられる。同じ職場で働く時間が積み重なるうちに、新開が社員各人にどれだけ丁寧に目を向けているか、わかってきたからだろうか。

少人数で月に数本の作品を世に出すジャストエンターテインメントは、個々人にかかる負担が大きい。そんな社員の様子を、新開は抜かりなく観察している。

オーバーワーク気味な者がいればすぐに声をかけ、ボトルネックになる作業を分析し、分担できないか社員全員にかけ合う。それでも仕事に疲弊した者が無茶な要望を口にすれば、でき得る限り聞き入れる。大場のわがままで新開の部屋に泊まりに行ったのがいい例だ。

その上新開は、どんな仕事も可能な限り自分が引き受ける。聞けば連休中も、新開だけは休まず出社していたらしい。出社は誰より早く、退社は誰より遅い。休日出勤は日常茶飯事で、いくら社長といえども、そこまで自分を酷使したら参ってしまいそうだと心配せずにはいられない。

元々は押し切られて社長になったような話だったが、人が好いのだろうか。

（僕を採用したぐらいだから、それもあるんだろうな……）

社員のことを第一に考えて動く新開のために、自分も新開の役に立ちたい。

恐らくそれは、譲を含めた社員全員が考えていることだろう。

まったく毛色の違う社員たちが不思議な連帯感を持って仕事をしているのも、新開の存在によるところが大きいのかもしれない。そんなことを思いつつ、譲も気持ちを切り替えて撮影準備に取りかかった。


朝から始まった撮影が終わったのは、日付が変わる頃だった。先に役者が引き上げてしまうと、譲たちは撤収の準備にかかりきりになる。

汚れたシーツを片づけていた譲は、ベッドサイドに置かれていたボウルを取り上げる。中に入っているのはとろみを帯びた、白濁した液体だ。

疑似精液、というものがあることを、譲はこの職場に入って初めて知った。読んで字のごとく、精液に似せて作られた代用品である。

男優の中には本物の精液が顔や体にかかるのを嫌う者もいる。その辺りの線引きは役者によって様々だが、今回は先方から疑似精液を使うよう要求されていた。

コーヒーミルクを混ぜた卵白を泡立てないようにかき混ぜ、全体的に白濁したら、最後にウーロン茶を少量混ぜる。なかなかリアルな仕上がりだ。先人の知恵につくづく感心していると、ドンと背中に誰かがぶつかってきた。

「お、桐ケ谷、悪い」

背後から熊田の声がして、衝撃で手にしていたボウルが大きく傾いだ。中身が跳ねて顔にかかる。

振り返ると、レフ板を抱えた熊田が背中からぶつかってきたことが知れた。熊田は譲を振り返るなり何か言いかけ、太い眉毛の下の目を見開く。

熊田の手から、ぼとりとレフ板が落ちる。ほとんど驚愕に近い表情を浮かべる熊田に、譲は目を瞬かせた。

「あの、大丈夫です、よ……?」

喋っている途中、顎先から疑似精液が滴り落ちた。思った以上に派手にボウルの中身をぶちまけてしまったらしい。それを手の甲で拭おうとすると、熊田に猛然と手首を摑まれた。

「社長！　やっぱり桐ケ谷を出そう！」

一声叫ぶや、熊田は譲の腕を摑んで歩き出す。そして部屋の隅で大場とケーブルをまとめていた新開のもとへ来ると、譲を前に押し出した。

「熊さん、まだその話——……」

呆れたような顔で振り返った新開が、とろりと白い液体で顔を汚す譲を見るなり声を吞ん

だ。その反応を見るや、ほら！　と熊田が譲の後ろから顔を出す。

「社長だって今反応しただろ？　やっぱりこいつは使いどころがある！　というか、使った方がいい、凄い逸材かもしれない！」

熊田の力説を聞きつけ、側にいた大場と根岸も譲の顔を覗き込んできた。そして疑似精液で顔を汚した譲を見て、はー、と溜息のようなものをつく。

「なんかエロいねぇ、桐ちゃん。お上品な顔にぶっかけると妙にどきどきする」

「高貴な花を踏みにじったような背徳感があるね」

「お前ら座布団十枚やる。社長もそう思うだろ？　桐ケ谷はなんか品があるんだよ。そいつを蹂躙《じゅうりん》するシーンとか、絶対視聴者は食いついてくるって！」

それはある、と大場と根岸が同意する。だが、新開だけは軽々しく頷くような真似《まね》をせず、それどころか外野の煽《あお》りを避けるように、譲と熊田を脱衣所に連れ込んでしまった。

「桐ケ谷はスタッフだぞ」

「スタッフが出演しちゃいけないって道理はないだろ。素人物として出せば違和感もない。こいつは裏方より、表舞台の方が向いてるかもしれない」

譲はまだ頬から疑似精液を滴らせたまま、呆然と二人のやりとりを見ている。その視線に気づき、新開が洗面台に置かれていたティッシュを引き抜いて譲に手渡してきた。

「桐ケ谷、顔拭け。熊さんもちょっと落ち着け」

「落ち着いてる。冷静に判断したつもりだ。桐ケ谷には商品価値がある。この顔だぞ。いずれうちの看板作品になるかもしれん」

「確かに桐ケ谷の顔は整ってる。でもこの業界じゃ珍しくもないだろ」

「それに加えて表情とか仕草から育ちのよさが滲み出てる。これぱっかりは持って生まれたもんだ。一般人が身につけようとして身につけられるもんじゃない」

なんだかとんでもなく買い被られている、と思いつつ、譲はなす術《すべ》もなくティッシュで顔を拭った。もうこうなったら自分が口を挟むことはできない。熊田と新開の間で話をつけてもらうしかなさそうだ。

(……でも社長、僕の顔立ちが整ってるなんて思ってたのか)

そんなふうに他人から言われたのは初めてだ。むしろ新開の方がよほど、と明後日《あさって》の方向に思いを巡らせていたら、熊田が少し苛立った声を上げた。

「だってもうやり尽くしただろ！　隙間を狙っていかなかったらうちだって潰れるぞ！」

潰れる、という不穏な言葉にドキリとして、顔を拭う手が止まった。

入社して日が浅い譲に会社の経営状況はよくわからないが、もしや芳しくないのだろうか。新開も重苦しい顔で黙り込んでしまい、俄《にわ》かに不安が胸を過《よぎ》った。

(そういえば社長、連休中もずっと出社してたって言ってたな……)

最近激務続きだと大場も言っていた。小さな会社では到底請け負いきれないほどの仕事をこなさなければ、経営が危ういのだろうか。

むしろ仕事に明け暮れているのならまだ健全で、資金繰りに奔走していた、という可能性はないだろうか。そういう姿を社員に見せて不安を煽らないよう、こっそり休日に……なんていかにも新開がやりそうなことだ。

こんなときに、新開が以前口にした言葉が脳裏を過る。

『うちの社員は全員俺が守る。大丈夫だ』

若いのにやっぱり会社を背負って立つ社長なのだな、と感心したあの言葉が、今は深刻さを伴って重くのしかかってくる。会社と社員の生活をひとりで守ろうとしている新開には、過度な負担がかかっているのではないか。

自分の勤め先がなくなる、というより、新開がここまで守ってきたものが潰《つい》えてしまうのではないかという不安に胸が軋《きし》んだ。

ハラハラした顔で新開を見ていると、譲の視線に気づいたのか、新開が意識的と思われる深い溜息をついた。

「……桐ケ谷が掘られるってことだな?」

「そこはマジでやらなくてもいい。モザイクで隠してもいいし。とにかくこいつが屈強な男に滅茶苦茶にされて泣きじゃくってるのがいいんじゃないかと俺は思う」

「そういう趣味もない桐ケ谷が、簡単にやらせてくれると思うか?」

今度は熊田が沈黙した。瞳から輝きが急速に失《う》せる。何しろ今日、男優に絡まれた譲が本気で怯える姿を見たばかりだ。相手役の男優からも、そんな態度ではやりにくいと言われてしまった。

強張った表情の譲を横目で見下ろし、無理か、と熊田が呟く。その横で、はい、と譲は力強く頷いた。

「僕でよければ、やります」

「だよなー……、って、やんの⁉」

比喩《ひゆ》でなく熊田がその場で飛び上がり、譲はもう一度頷く。視線は新開を捉えたままだ。

譲の視線を受け止め、新開は眉間のシワを深くした。

「……本気で言ってんのか、それ」

窺うような声で尋ねられ、譲は再び頷いた。それでも新開は疑わしい表情を崩さない。

「今朝《けさ》は嫌がってただろう？」

「はい、今朝は突然で覚悟が決まりませんでした。でも、もう大丈夫です」

譲自身、こんなに一瞬で腹が据わるとは思ってもみなかった。下半身が反応するかどうかは定かでないが、少なくとも怯えはしない。確信を込めた目で、譲は新開を見上げる。

「この会社のためなら、一肌脱ぎます」

「文字通り脱ぐことになるんだぞ。スタッフの前で」

「わかってます。でも……社長のためなら、構いません」

ごく自然にそう思えたのは、普段の新開の働きぶりを目の当たりにしてきたせいだろう。身を粉にして働く、という言い方がぴったりで、それでいて切迫感は見せず、社員を大らかに見守っている新開のためなら、構わないと思えた。他人に肌を見せることくらい、どうということもない。

「桐ケ谷、よく言った！　よし、早速男優を手配しよう」

熊田が嬉々《きき》とした顔で手を叩く。譲も「よろしくお願いします」と頭を下げようとしたが、新開に片腕一本で遮られた。

「待て、そう簡単に承諾するな」

「なんだよ社長、桐ケ谷がいいって言ってるのに」

「こいつがどういう撮影をするのか本当に理解してるか、疑問だ」

いつになく厳しい新開の顔を見上げ、譲も背筋を伸ばした。

「そもそも、桐ケ谷はSM系なんて観たことないだろ？　お前が思ってるよりよっぽどえぐいぞ？」

「いや、SMっていってもソフトな感じにするからさ……」

「熊さんのソフトはまったくソフトじゃないだろう」

横から口を挟んできた熊田の言葉をぴしゃりと遮り、新開は譲を睨みつけた。

「知りもしないで大丈夫だなんて言うな。お前なりに気遣ってくれたのかもしれんが、軽率な発言をして後で周りにフォローさせるなんてことになったら、二度手間になる」

正論に、譲はぐっと声を呑む。確かに自分はSMのなんたるかを知らない。いざ現場に入ってから、やっぱりできません、では周りの人間に多大な迷惑をかける。

それでも譲は、簡単に引き下がる気になれない。

何か新開に貢献がしたかった。しかし入社したばかりで経験の浅い自分が、仕事でそれをしようとしても、古株社員の足元にも及ばない。

だが、もし自分が出演した作品がヒットを飛ばせば、それは大いに会社の利益になる。

「……だったら、勉強します」

譲は目元にグッと力を込めて新開を見詰め返す。

「SM作品を何本か観せてください。その上でできると思ったら、問題ありませんね？」

新開の表情が一層険しくなる。けれど譲は目を逸らさない。

しばらくは無言で睨み合い、先に口を開いたのは新開だ。

「……わかった。じゃあ勉強しろ」

勢い込んで頷こうとしたら、続けて新開が言った。

「この後俺の部屋に来い。たっぷり参考資料を見せてやる」

すでに頷くつもりで顎を上げていた譲は、新開の言葉を吟味する間もなく思い切りよく首を縦に振ってしまう。傍らで熊田が「あちゃー」と天を仰いだが、無言で踵《きびす》を返した新開の迫力の前では、前言を撤回することなどできそうもなかった。

機材を乗せたバンを会社に止め、そのまま譲は新開の部屋へ向かうことになった。

二人でアパートへ向かう途中、別れ際に熊田が耳元で囁いた言葉がリフレインする。

「わざわざ社長の部屋に行くってことは、うちの会社じゃ撮ってないような、他社のえげつない代物見せるつもりだぞ。お前、気を強く持てよ！　社長が見せたのよりひどい演出はしないから！　なんなら恋人同士のＳＭプレイみたいなのにしてやるから！　怖気《おじけ》づくな！」

（無理です……もう怖いです）

新開にどんな映像を見せられるのかも恐ろしいが、何より会社を出てから一言も喋らない新開自身にも怯える。どことなく怒っているようで、近寄り難い。

自室に到着すると、新開はすぐに譲をテレビの前のローテーブルに着かせ、ＤＶＤを再生させた。ちらりと見えたパッケージには他社のロゴが印刷されている。熊田の予想は正しいようだ。

そこから小一時間後、譲は丸々一本濃厚なＳＭシーンを見せられることになった。

覚悟はしていたつもりだった。熊田からも散々気を強く持てと言われていた。だが、それでも、現実は往々にして想像を凌駕《りょうが》する。

画面の中で繰り広げられる、ほとんど暴力に近いシーンの数々に圧倒され、エンドロールが終わる頃には、譲の顔からはすっかり血の気が引いていた。

「どうだった？」

譲の斜向かいでＤＶＤを観ていた新開が、振り返って尋ねてくる。だが、譲はすぐに声を出すことすらできない。壮絶なシーンの連続に、口の中がからからに渇いていた。

新開はそんな譲の表情をじっくりと観察してから、別のＤＶＤをテーブルに乗せる。

「拘束具にバイブ、ローター、鞭《むち》、蠟燭《ろうそく》。結構オーソドックスなもんしか使ってなかったと思うぞ。こっちの方がもっと拷問器具みたいなもんがぞろぞろ出てくる。観るか？」

拷問器具、という言葉に怯《ひる》んで首を横に振りかけた。ギリギリで堪えたが、強張った表情は隠せない。だからといって「やっぱり出演しません」と容易《たやす》く意見を翻すほど、譲も生半可な気持ちで出演を言い出したつもりはなかった。

意固地に唇を引き結ぶ譲を見て、新開は喉の奥で低く呻る。

「思ったより強情だな。無理するな」

「む、無理なら、社長だってしてるじゃないですか」

辛うじて声が出た。次のＤＶＤを再生しながら、何が、と言いたげに新開が眉を上げる。

その横顔をじっと見詰め、譲は掠れた声で訴える。

「会社で一番無理してるのは、社長です。連休中も休まず会社に出たんでしょう」

新開は不意を突かれたように黙り込み、ばつの悪い顔で譲から目を逸らす。

「連休中に出社したのは、単純に自分の仕事が終わらなかったからだ」

「根岸さんが、連休明けたらモザイク処理が全部終わってたって言ってました。それ、社長の仕事ですか」

新開が口を噤む。何か言いかけて、すぐには言葉が出なかったのか再び閉じた。気づけば時刻は深夜の二時近い。疲れもピークなのだろう。

新開は社長のくせに、本来社員がこなすべき実務にも当たり前に手を伸ばす。伝票整理も見積もりも出演交渉も、手が足りなければ率先して行う。その上自分は映像系の学校を卒業しており、撮影や編集の技術も備えていて、実質社内でできない仕事がない。

それに比べて自分は大学を卒業したばかりで、電話応対もようやく覚えたばかりだ。できることなどたかが知れている。

「熊田さんは、恋人同士のSMプレイみたいにしてもいいって言ってくれました。だから拷問みたいなことにはならないんじゃないかと思うんですが」

「……だとしたら、そっちの方がお前にとっちゃ問題なんじゃないか?」

目頭を揉みながら新開が呟く。その背後で、新しいDVDが流れ始めた。逃亡劇のようなシーンから始まるそれを目の端に映しつつ、なぜ、と譲は首を傾げた。

本当に見当がついていない表情の譲を見やり、新開は深々とした溜息をついた。

「ほとんど初対面に近い男優と、恋人同士みたいなことができるか？　キスもしたことがないくせに？」

瞬間、譲は新開の口元に視線を送ってしまう。

酒を飲んでいるわけではないので、新開の唇は普段通りの色だ。それなのに、一瞬視線が釘《くぎ》づけになった。慌てて目を逸らしたが、どうしても挙動が落ち着かなくなる。

「で……できます、仕事だったら」

「されるがままってわけにはいかないぞ。お前からキスすることもできるか？」

「できま」

譲の言葉が途中でぶつりと途切れた。斜向かいに座っていた新開が腰を浮かし、鼻先がぶつかる距離まで互いの顔を近づけてきたからだ。

唇に新開の吐息がかかる。瞬きをしたら睫《まつ》毛《げ》の先が触れるほど近くから、新開がこちらを見ている。そう思ったら、動けなくなった。

「……嘘つけ」

硬直した譲の目を覗き込み、新開が低く呟く。唇に息が当たり、表面にカッと火がついた。とんでもなく辛いものでも食べた直後のように、唇の薄皮が痺《しび》れる。

新開の顔がゆっくりと遠ざかり、真剣な面持ちで見詰められた。遅れて心臓が騒ぎだし、譲は膝の上で手を握り締める。テレビの画面では主人公と思《おぼ》しき男優が、どこかのマンションへ連れ込まれたところだ。

譲はぎこちなく新開から視線を逸らすと、痺れた唇を隠すように手の甲で口元を拭う。指先が頬に触れ、ひどく熱くなっているのがわかった。

「い、今のは……急だったので驚いただけです。事前に言ってもらえれば、もっと」

強がりを言って、譲は多少不自然な仕草でテレビ画面に目を向けた。マンションへ連れ込まれた男優は早々にベッドへ縛りつけられ、抵抗して頬を打たれている。自分もあれができるだろうかと思っていたら、ふいに新開が口を開いた。

「急だったから驚いて身動きも取れなかったって言うんだな?」

「……そうです。でも本番では脚本もあります。大丈夫です」

「はい」

「これからどういうシーンが始まるかわかっていれば、動揺もしないか」

「じゃあ、今から押し倒すぞ」

「はい」

テレビの中の痛々しいシーンに半ば気を取られていた譲は、頷いてしまってから動きを止めた。

まさか、と新開の方を向くと、新開が膝でいざってこちらに近づいてきた。一瞬で目の前まで迫った新開が、譲を床へと押し倒す。

とっさに床へ肘をついたので後頭部を打つことはなかったが、上から肩を押さえつけられ完全に仰向けになった。正座をしていた足が乱れ、片足がテーブルの外へ飛び出す。そこに四つ這いになった新開がのしかかってくる。

「事前に言っておけば動揺しないいんじゃなかったのか?」

目を丸くして抵抗すらしない譲を見下ろし、さすがに新開が呆れ顔になった。

譲は二、三度瞬きをすると、慌てて表情を引き締める。

「大丈夫です。でも、殴るときはもう一言お願いします!」

テレビの中で俳優が頬を打たれていたのを思い出し、迂闊にパニックを起こさないよう事前に訴えておいた。新開は片方の眉を上げ、右手を自身の顔の横まで振り上げた。

「わかった。殴るぞ。歯は食いしばっておけ。口の中が切れる」

「はい!」

言われるまま譲は奥歯を噛みしめる。新開の手が振り下ろされ、とっさにきつく目を瞑《つぶ》った。直後耳元で弾ける炸裂音と、頬を襲う火花が散るような痛み——を覚悟したが、いつまで待ってもどちらも襲ってこない。

不思議に思って薄目を開けると、体に温かな重みが加わった。首筋に柔らかな息遣いを感じ、目を開くと新開が譲の首筋に顔を埋めていた。

「……お前、本気か」

耳元で新開の低い声がして、首筋の産毛が総毛立った。

目の前にある新開の項《うなじ》の匂いが鼻先をくすぐり、譲は最早声も出ない。心拍数が一瞬で最高速度まで跳ね上がった。

体の下で硬直する譲に気づいていないのか、新開は長い溜息をついた。

「勢いに任せて言ってるのかと思ったら……ここまでしても引き下がらないか」

「……ほ、本気です、から」

拍動に合わせて声が震える。新開にそれは伝わっただろうか。ごまかすために、譲は喉に力を込めて一気に言葉を押し出した。

「自分にできることがしたいんです、お願いします、やらせてください……！」

新開はしばらく譲の首に顔を埋めて何も言わなかった。その肩越しに、ベッドに縛りつけられた男優が服を引き裂かれ、相手役も服を脱ぐシーンが見え隠れする。

「……素人を使うと、当日になって音信不通になったり、カメラの前に立った途端怖気づいて、逃げるみたいに帰っちまったりする奴が、たまにいる」

新開がゆっくりと体を起こす。見上げた顔は真剣だ。

「お前がそうだと決まったわけじゃないが、想像するのと実際やるのは大違いだ。だから試してみろ。最後まで俺につき合えたら、主演の件は考える」

譲は軽く口を開くが、唇からは溜息が漏れただけで声にならない。譲の顔の横に両手をついてこちらを見下ろす新開は、雄の顔をしていた。元々整っていると思っていた顔に、滴るような色気が見え隠れして目が眩みそうになる。

声が出せないので、顎先を小さく動かしてなんとか頷いた。新開はわずかに目を眇め、片手で譲の頬を包み込む。

かさついた大きな掌が頬を撫で、首筋で脈打つ血が逆流しそうになった。親指で唇を撫でられて、早鐘を打つ心臓に息苦しさすら覚える。

「あ……の、僕は……何をすれば……」

体の脇に両手を投げ出し、心許ない声で尋ねた。唇の隙間を辿っていた新開の親指が、わずかに舌先に触れる。慌てて舌を引っ込めると、緩く開いた唇の隙間に新開が親指を割り込ませてきた。

「何もしなくていい。ただ、これ以上は耐えられないと思ったら俺を突き飛ばせ」

親指の爪で前歯を叩かれてどきりとした。口の中、という滅多に他人が触れない場所に、素手で触れてこようとする新開にこれ以上ないほど狼狽する。

（でも、実際の撮影になったら手より凄いものが入ってくるんだろうし……）

それはもう、先程のＤＶＤを見て嫌というほど学習した。覚悟を決め、譲は喉を上下させてから、薄く口を開く。

新開の指が歯列を割って入ってきた。人差し指と中指で軽く舌を挟まれ、床に敷かれたラグを握り締める。痛くはないが、息苦しい。喉の奥にはまったく届いていないはずなのだが、呼吸が難しくなった。

鼻から抜ける息が忙《せわ》しなくなる。指の腹で上顎を撫でられ、むず痒いような感触に口を閉じかけた。新開の指を噛んでしまいそうになり、慌てて堪える。

「……ん、……う……」

「苦しいか？」

譲の口内を指でゆるゆると掻き回しながら、新開が尋ねる。どこを見ていればいいのかわからず目を伏せがちにしていた譲は、新開を見上げて小さく首を横に振った。息苦しくはあるが、まだ新開を突き飛ばすほどではない。

「じゃあ、もう一本増やすぞ」

「ん……んぐ……」

薬指が追加され、舌を上から押さえつけられる。返事をしようとしたが、くぐもった声しか出ない。さすがに苦しい。新開の指を噛まないよう必死で口を開けていると、顎がだるくなってきた。

口の中に唾液《だえき》が溜まる。飲み下そうにも新開の指が邪魔だ。含み切れなかったそれが口の端からこぼれ、粗相をしてしまったようでいたたまれない。

意図せず喉の奥に唾液が流れ込み、むせそうになる。それでも新開は指を抜かない。譲から目を逸らすこともなく、緩慢に指を抜き差しする。

新開が、自分の反応を見ている。余すところなく。

そう思ったら、急に室内の温度が上がった気がした。視界がけぶるほど湿度の高いサウナに服を着たまま飛び込んでしまったかのように、体がドッと重く、熱くなる。

「……ん、ふ……」

息苦しい。頭の芯《しん》にぼんやりと霞《かすみ》がかかる。酸欠というよりは、酩酊《めいてい》したときのようだ。

無自覚に腕を上げ、新開の二の腕辺りを摑んでいた。一瞬だけ新開の視線がそちらへ流れる。少しでも譲が引きはがすような仕草を見せれば手を引くつもりだったのかもしれない。

だが譲自身思いもかけないことに、指先は新開の腕を這い、すがるようにシャツを摑む。押しのけるどころか、しがみつくような格好だ。

新開の目に微かな驚きが過る。だがそれはすぐに掻き消され、口から指が引き抜かれた。

「思ったより、表情は悪くないな」

わずかに譲から顔を背け、新開は独り言のように呟く。

譲は軽く息を乱し、新開の濡れた指先の行方《ゆくえ》を追った。譲の手はまだ新開の腕に添えられたままで、離すタイミングがわからない。迷う気持ちが指先に伝わり、シャツの上から軽く新開の腕をひっかくと、新開が前髪の隙間からこちらを見た。

一瞬、怒っているのかと思うくらいの鋭い眼差しにぎくりとした。緊張した指先に力がこもり、前より強く新開の腕を摑んでしまう。

新開は尖《とが》った視線を隠すように一度目を閉じると、おもむろに譲のシャツのボタンに手をかけた。

服まで脱がされるのかと思ったら緊張感がいや増した。だが、譲は黙って新開のするに任せる。すべてのボタンが外されると、露《あら》わになった胸を夜の冷気が撫で上げた。

「……意外と根性があるな、お前は」

一向に抵抗らしい抵抗をしない譲を見て、新開がどこか感心したような声を上げた。途中で熱い掌が脇腹を撫で上げてきて、譲は呼吸を引きつらせる。

「これくらいなら……まだ、なんとか……」

「現場では、男優に後ろから抱き込まれただけで震えてただろうが」

新開の言う通り、昼間は鈴木に少し撫でられただけで軽い恐怖心すら抱いたというのに、どうしてか今はそうならない。鈴木より新開の方が体は大きいし、こうして素肌にまで触れられているというのに。

(社長に触られると、ぼーっとする……)

いつものことながら、新開は体温が高い。触れられているとその熱が体の芯まで伝わり、アルコールを飲んで腹の奥が熱くなるように、体が内から熱を持つ。

今も熱い指先で首筋から鎖骨を撫で下ろされ、譲は肩を竦めながら答えた。

「社長だから、かもしれません……」

どこからか水音がする。テレビだ。画面の中で、ベッドに縛りつけられた青年と相手役の男優がキスをしている。ＳＭ物だが、キスシーンは意外なほど長く、甘ったるい。

黙っていると濃厚なキスの音が延々と耳を侵食してきて、譲は無理やり口を開いた。

「社長だと、大丈夫な気がします……」

「そんなに俺は人畜無害そうに見えるか？」

「そういうことでは、ないんですが……」

上手く言えない。その間も、新開の指先は譲の胸の上を彷徨《さまよ》っている。

指先が胸の尖りに触れ、譲は体を跳ね上がらせた。くすぐったくて身をよじれば、執拗《しつよう》に同じ場所を弄られる。

「しゃ、社長……あの……」

「慣れてなきゃ気持ちよくもなんともないだろうが、感じてるふりぐらいしてみろ」

言外に、それくらいできなければカメラの前に立たせられないと言われた気がした。

譲は息を殺してこそばゆさをやり過ごす。だが、感じているふりとはいかなるものか。テレビからはときどき甘い声がして、あんなふうに声を上げればいいのだろうが、気恥ずかしさが先に立った。

困り果てて唇を噛んでいたら、新開がちらりとこちらを見た。演技もできないのかと咎められそうで思わず目を閉じる。だから譲はその後の新開の反応がわからない。

頬から耳まで赤くし、潤んだ目で唇を嚙む自分が、演技でもなんでもなく相手の保護欲や嗜虐心や、それにまつわる劣情をそそる顔をしていたことなど、知る由《よし》もない。

「……桐ケ谷」

いつもより低い新開の声が耳元で聞こえた。あまりの近さに目を開けると、最初に押し倒されたときのように、新開が譲の首筋に顔を埋めている。そこに熱い唇を押し当てられ、譲は息を呑んだ。

「あっ……ん……」

首筋から耳の裏まで唇で辿られ、期せずして高い声が漏れる。とっさに唇を嚙んだが、どうやら新開の耳には届かなかったらしい。テレビからは、先程からギシギシとベッドの軋む音とともになまめかしい嬌声が流れ続けている。その音が搔き消してくれたようだ。

「……っ、ふっ……」

耳の裏をきつく吸い上げられ、息遣いが乱れる。譲の胸の突起を弄っていた手がゆるゆると下降して、スラックスの上から体の中心を撫でた。途端に譲は目を見開き、新開の手の動きも一瞬止まる。

スラックスの布地を押し上げ、譲の雄《おす》が反応している。

自分でも今の今まで気づかなかった。羞恥に襲われ、耳どころか首筋まで赤くなる。

「……治ったみたいだな、ＥＤ」

「そ……っ、そう、ですね……昼は、駄目だったのに……」

「症状には波があるんだろ」

譲の声が含羞《がんしゅう》で震えていることに気づいたのか、新開も深く追及はしない。そして、迷いも見せずスラックスのフロントホックを外しにかかった。

さすがに驚いて、新開の腕を摑んでいた手に力がこもった。初めて新開を止めるような仕草を見せた譲を見下ろし、新開は潜めた声で言う。

「本番では相手役に下半身を好きに弄り回されるんだぞ。本当にできるか？」

再三の確認に、譲はごくりと喉を鳴らす。嫌だと言えば、新開は大人しく手を引いてくれるだろう。と同時に、譲の出演はこの先完全に見込めなくなる。

会社のためだ。

違う、新開のためだ。

譲はゆっくりと新開の腕を摑んでいた指から力を抜く。それを感じたのか、新開は押し殺したような溜息をついてフロントホックを外し、下着の中に手を突っ込んできた。

まさかいきなり素手で握り込まれるとは思っておらず、譲は鋭く息を呑む。大きな掌は譲の雄を握り込み、ためらいもなく上下に扱《しご》いてきた。

「し……っ、社長、ま……っ、あっ……！」

近づくだけで体温が伝わるほど、新開の掌は熱い。熱に狂わされすでに腰が抜けそうだったのに、その手で扱かれ譲は喉を仰け反らせた。

「ん、ま……っ、待ってくださ、社長……っ」

「本番じゃ待ったはなしだ。現場の時間に余裕がないのはお前もよくわかってるだろう」

「わ……っ、わかってます、でも……あっ！」

先端の割れ目を新開が指でなぞってきて、譲の爪先が跳ねる。

普段あまり自慰をしない譲の拙《つたな》い手淫《しゅいん》など比較にもならないほど、新開の手は巧みに譲を追い上げる。裏筋を親指の腹で撫で下ろされて内股《うちもも》に力が入った。足が暴れて、膝頭がテーブルの天板を叩く。

「……耐えられなくなったら突き飛ばしていいぞ」

首筋で新開が囁いてきた。喉元を吐息でくすぐられる。小さく首を横に振ると、新開の指が移動して、雄の下の双球に触れた。

思ってもいなかった場所に触れられ、譲の背中を震えが駆け上がる。気持ちがいいというより、驚いた。自慰の最中、自分では触ったことがない場所だ。

未知の感覚に身を硬くしていたら、新開の唇が喉元まで滑り落ちて軽く吸い上げられた。

「あ……あ——……っ」

同じ場所を長く長く吸い上げられ、腰の奥がじんと熱くなった。痛いくらいに反り返った

ものの先端から、つぅっと透明な滴が滴る。

テレビからは、ますます熱を帯びた喘ぎ声が流れてくる。ときどきキスをしているらしく、声が何かに呑み込まれるようにくぐもって聞こえなくなり、代わりに淫《みだ》らな水音が室内を満たす。

下腹部を打ちつけ合う音と、ベッドが軋む音。そこに蕩《とろ》けるような甘い嬌声が重なって、まるで自分たちまでセックスをしているような錯覚に陥った。

実際は譲が一方的に新開に触られているだけなので、これをセックスと呼べるかは疑わしい。譲はほとんど服を着たままだし、新開に至っては着衣に一切の乱れがない。

それでも、妙に興奮した。睾丸《こうがん》を掌で柔らかく包み込むばかりで直接的な快感をくれない新開に焦《じ》れ、譲は新開の腕を摑んでいた手を背中に移動させる。

ねだるように抱き寄せて、シャツの上から背中に爪を立てた。一瞬、新開の背中が硬くなったような気もしたが、きちんと確認はできなかった。新開の手が、先走りで濡れた譲の雄を握り込んだからだ。

「あ……っ、あぁ……っ！」

待ち望んだ刺激を得て、譲は背中を反り返らせる。ほんの少し放置されていただけなのに、焦らされた分快感は倍増し、腰が震えるほど感じた。新開の熱い掌で、そのままグズグズと溶かされてしまいそうだ。その上新開は、もう待ったなしで譲を追い上げてくる。

「社長……っ、あっ、も、もう……っ、やめ……っ」

早々に限界が見えてきて、譲は新開の肩に額を押しつけて訴える。

「耐えられないと思ったら突き飛ばせって言っただろ」

新開の押し殺した声が聞こえる。わかってはいるが、譲の手は新開の背中に回り、突き飛ばすどころかしがみついたままだ。

譲自身、新開から与えられる快感から逃れられないのか、しがみついた熱い体から離れがたいのか判断がつかなかった。このままでは新開の手を汚してしまう、という罪悪感と、もう少しこのままでいたいと熱望する想《おも》いが交錯する。

先走りでぬめる手で緩急をつけて扱かれ、譲の腹が忙しなく痙攣《けいれん》した。呼吸がままならない。少しでも空気を取り込もうと喉を反らすと、顎先まで新開の唇が追ってくる。

「あ、ん……んんっ……！」

先端の括《くび》れに圧がかかり、目の前が白く霞んだ。腰が跳ね上がり、抑え切れなかった熱が新開の掌に叩きつけられる。

一瞬耳が聞こえなくなった。しばらくして、どくどくと全身を流れる血の音と、短い呼吸音が戻ってくる。

放熱のショックで呆然自失の体《てい》だった譲は、いつの間にか新開が自分の顔を覗き込んでいたことに気づかない。

鼻先が触れ合うほど近くに新開の顔がある。心なしか、その顔が思い詰めて見えて譲は目を眇める。新開の唇が赤かった。酒を飲んだわけでもないのに、酔っているときのように。唇を新開の吐息が撫でる。新開の項の匂いが漂ってきて、譲は軽く目を伏せた。キスの距離だ、と思った。空気を隔ててなお、唇に新開の体温を感じる。まだ新開の背中に回したままだった手で、そろりとシャツを摑んだ。新開の体がゆっくりと傾く。その瞬間。

室内に金属がぶつかり合うような轟音《ごうおん》が響き渡り、譲はぎょっとして目を見開いた。鼻先では、新開が同じように目を丸くしている。音の出所はテレビらしい。新開の肩越しに画面を見ると、一体何をどうするとそうなるのか、役者二人が睦《むつ》み合っていたはずのベッドがひっくり返され、脚が天井を向いていた。

先程テレビから流れていた甘い雰囲気が嘘のように、画面の中で怒号が飛び交う。頭から冷や水でも浴びせられたように冷静になった。譲は慌てて起き上がると、まだテレビを振り返ったまま動かない新開に頭を下げる。

「社長！　すみません、手が——……っ」

「……ん。ああ、いい。気にするな」

緩慢な動作で振り返った新開は、譲のスラックスから手を引き抜くと、部屋の隅に置かれていたティッシュをボックスごと引き寄せた。

汚れた手を拭きながら、なんとも重たい口調で新開は言う。

「桐ケ谷……とりあえずお前、風呂入ってこい」

「え、お風呂、ですか……?」

「下着汚れただろ。コンビニで新しいの買ってきてやる」

そのままじゃ帰れないだろうし、とつけ足され、譲はこれ以上ないほど顔を赤くした。

「な……何から何まで、すみません……」

「気にするな。俺が仕向けたことだ。この前泊まったからシャワーの使い方はわかるな?」

頷いて、譲は恐縮しきった顔でバスルームへ向かった。対する新開は、「ゆっくりな」と言ったきり天板に突っ伏してしまう。朝から撮影だったので、さすがに疲れて眠いのかもしれない。

脱衣所で服を脱ぎ、バスルームへ入った譲はふらふらとシャワーのコックをひねる。

シャワーヘッドから湯になる前の冷たい水が降り注ぐ。それを頭から浴びても、ほとんど冷たさを感じなかった。目に映る光景が、何もかも現実味を欠いて見える。

(……さっきのは、一体……?)

こうしてひとりになってみても、先程自分が新開と何をしたのかよくわからなかった。

本当に撮影に挑めるかどうか、新開は自分を試したのだ。そう理解したつもりだったのだが、今となってはどう自分と折り合いをつけてあんな行為を了承したのかよくわからない。

だが一番不可解なのは、新開の腕の中にいた自分の反応だ。

(——……どうしてあんなことに?)

バスルームの壁に背中をつけ、なんとか立っている状況で譲はぐるぐると考える。まず、他人に触られて勃起するのが信じられない。普通に考えれば羞恥に呑まれて萎縮《いしゆく》してしまいそうなものを。その上新開は同性だ。嫌悪感を覚えるのが普通ではないか。しかし自分の反応はそのどちらでもなかった。新開の体温に煽られ、自分の体も熱くなっていくのがわかった。

思い返せばまた心臓が暴れ出す。肌の上を滑る新開の手は熱かった。首筋や脇腹など、性感帯があるとも思えない場所を触られただけで肌が粟立《あわだ》った。

ようやく温かくなった湯に全身を打たれ、譲はその場に崩れ落ちる。

鈴木に触られたときはこうはならなかった。同性の腕の中は居心地が悪かったし、逃げ出したいとばかり考えていたはずだ。それなのに、新開の体は一度も突き飛ばせなかった。どうして新開が相手だと逃げ出したくならないのか。それどころか、もう少しあの熱い腕に囲われていたいとすら思ってしまうのか。

ふと視線を上げると、壁にかかった鏡に自分の顔が映っていた。前髪から滴を滴らせた自分の顔は真っ赤だ。その喉元に、何やら赤い痕がある。

しばらくぼんやりとそれを見詰めてから、最中に新開が喉元を強く吸い上げてきたことを思い出した。肌に触れる新開の唇の感触を思い出せば、また際限なく心臓が暴れ出す。

（なんだ……なんで、こんなふうに……？）

最早鏡を見ていることもできなくなった。耳の奥で鳴り続ける鼓動の音は、シャワーの音すら掻き消すほどだ。

なぜ、と問うのも馬鹿らしい。

同じ同性でも鈴木では駄目で、新開ならば大丈夫だった理由。

恐らく熊田でも駄目で、大場も、根岸も駄目だろう。

でも、新開ならば許せる。熱くて大きな体を押しのけるどころか、とろりと寄りかかってしまいたくなる。

鼻先まで近づいた新開の顔を思い出すと、心臓が痛いくらいに高鳴った。酒を飲んだわけでもないのに赤く色づいていた唇が瞼の裏に蘇《よみがえ》り、シャワーで溺《おぼ》れそうになって譲は両手で顔を覆う。

（――……社長が好きだ）

そうだ、と同意するように、心臓がひとつ大きく跳ねた。

入社してから今日までの記憶をどれだけ漁《あさ》ってみても、反証材料が見当たらない。むしろ納得したくらいだ。だから新開の側に近づくだけで、空気越しに体温が伝わってくるなんて思ったのかと。

（それだけ意識してたってことじゃないか……）

気がつかない自分が鈍感すぎるのだと、譲は両手で顔を覆ったまま溜息をつく。そして、シャワーの温度を思い切り下げて頭から冷水を被った。

新開への恋心を自覚してしまった今、そうでもしなければ新開と向かい合ったとき、赤くなった顔を隠すことなどできそうもなかったからだ。


シャワーを浴びて浴室を出ると、脱衣所の籠《かご》の中に真新しい下着が置かれていた。本当に新開が買ってきてくれたらしい。

服を着て、大きく深呼吸をしてから脱衣所を出る。

新開は奥の部屋で、ローテーブルの前に座りぼんやりと深夜番組を眺めていた。

「すみません。お風呂お借りしました。下着の代金は後で請求してください」

危惧《きぐ》していたほど声は震えなかった。譲は毅然《きぜん》とした態度を貫いて新開の向かいに腰を下ろす。自覚したばかりの恋心を隠そうと表情を引き締めるその姿は、傍目《はため》にはすっかり覚悟を決めたようにしか映らない。

新開はテレビから譲に視線を移すと、その凜々《りり》しい顔つきを見返して小さく嘆息した。

「お前、本当に出る気か？」

「もちろんです」

「一度世の中に出回った映像を完全に回収することはできないんだぞ。出荷した数以上の人間がお前の顔を見ることになる。その覚悟はあるか？」

譲は新開の真剣な顔を一直線に見詰め返す。当然それは想定済みだ。しかしこんなときなのにどきどきする。声がひしゃげてしまいそうで、黙って首を縦に振った。

譲の意思は固いと観念したのか、とうとう新開が天板に突っ伏した。

「……まかり間違って親に見られたらどうする。そういうことも考えただろうな？」

譲はあっと息を呑む。不特定多数の人に見られることは覚悟していたが、親という発想はなかった。譲の顔はたちまち曇って、視線も力なく下降した。

新開としては最後の悪あがきに親を引き合いに出しただけだったらしく、なかなか返事をしない譲に不思議そうな視線を向けてくる。譲は俯いたまま、上目遣いで新開を見た。

「親に見られたら……通報されるかもしれません……」

「親が警察にか？　いや、それはさすがに大袈裟《おおげさ》だとしても……」

譲は首を横に振った。譲とて、ＡＶ自体が犯罪ではないことくらい承知している。

「父は、警察官なんです」

「……何？」

「生活安全部の、生活保安課に勤めています。父本人が僕を発見しなくても、部下の方から報告が上がるかもしれません。……あ、それは通報とは言わないですか」

喋っている途中で、新開の表情が激変した。顔からざっと血の気が引く。何事かと問う間もなく、テーブルの向こうから新開の腕が伸びてきて勢いよく肩を摑まれた。

「お前……っ！　それを先に言え！　保安課なんて風俗営業取り締まってる元締めみたいなところだろうが！」

「そ、そういうことに、なるでしょうか……？」

「だからか！　だからお前、やたら犯罪に対する危機感が高かったのか……！」

言いながら項垂れた新開は、力尽きたように譲の肩から手を滑らせた。「あー……」と尻すぼみになる声を上げ、天板に突っ伏してぽつりと呟く。

「……明日、もう一回熊さんと相談する。今夜はここに泊まれ、もう終電ないだろ」

「い……いいんですか？」

いいよ、と軽く手を振って、新開はのっそりとその場から立ち上がった。

「俺もシャワー浴びてくる。お前はベッド使っていいぞ」

「でも、社長は……？」

「俺は床で寝るからいい」

そうはいかない、と反駁《はんばく》しようとしたが、浴室へ向かう新開の背中がやけに疲弊して見えて譲は口を噤む。

撮影で疲れている上に、部下の体をまさぐる羽目になったのだ。疲れもするだろう。

以前聞いた話では、社内でゲイは根岸だけで、他は全員ノーマルだという。新開も男の体に興味などないだろうし、仕事とはいえ譲を組み伏せるのは本意でなかっただろう。

（……気色悪かっただろうな）

ノーマルな男ならそう思うのが普通だ。わかってはいるが、胸の奥がずきりと痛む。

しばらくするとシャワーの音が聞こえてきて、譲は言われた通り新開のベッドに潜り込んだ。今新開の顔を見たら、恋情を募らせた目になるか、ひどく傷ついた顔になってしまいそうで、どちらにしろ新開を困惑させるのは目に見えている。

数分後、壁に向かって横になった譲は、新開がシャワーから出てきた気配を背中で感じた。新開は譲が眠ってしまったと思ったのか、静かに寝床の準備をすると、何も言わずに部屋の明かりを消した。

暗くなった部屋の中、譲はひとり押し殺した溜息をつく。

新開の部屋に泊まるのはこれで二回目だが、新開の匂いが染み込んだ布団にくるまれて、今夜も眠れる気がしなかった。

翌日、矢も楯《たて》もたまらないといった様子で出社してきた熊田に、新開は譲の父親の職業を明かした。その後の反応は前夜の新開と一緒だ。

「おま……っ、お前……っ！　ばかばかばか！　それを先に言えよ！」

譲の両肩を摑んで激しく前後に揺さぶってくる熊田に、「す、すみません」と譲はひたすら謝るしかない。

「そういうことだったら、桐ケ谷を出すのは絶対無理だわ……」

譲の肩から手を離した熊田が、落胆した様子で肩を落とす。その言葉に驚いたのは譲だ。父の職業が与える影響力をよく理解もせず熊田に取りすがる。

「でも、会社は大丈夫なんですか？　目新しいことをしなかったら潰れるって……！」

「あー？　そりゃ十年一日のごとく同じようなもんばっかり作ってたら淘汰《とうた》されるだろうけど、そんなすぐには潰れねぇよ」

なぁ、と熊田に声をかけられ、新開も当然の顔で頷く。

どうやら倒産云々《うんぬん》は譲の早合点で、危惧したほど会社の経営が逼迫《ひっぱく》しているわけではないらしい。譲は脱力して壁に寄りかかると大きく息を吐いた。

「なんだ……僕はてっきり、こうでもしないと会社が潰れるのかと……」

「随分会社想いだなぁ。会社のためならＡＶにも出るか」

「はい、社長の役に立てるなら、構いません」

ポロリと口から本音が漏れた。昨日までの本音だ。社員のために心を砕き、身を粉にして働いている新開に何か恩返しができるのなら十分だと思っていた。

だが、口にしてから譲は硬直する。

昨日までは自覚していなかったが、今の譲にはれっきとした恋心が存在するわけで、今の台詞にそれが滲んでしまわなかったか俄かに不安になった。

「こんなに社員に慕われて、社長冥利《みょうり》に尽きるな？」

譲の言葉を額面通りに受け取った熊田は、面白そうに笑って新開の胸を拳《こぶし》で叩く。

笑って応じるかと思いきや、新開は束の間何も言わなかった。そうだな、と頷くまでに幾《いく》許《ばく》か時間がかかる。代わりにぼそりと、こんなことを言った。

「桐ケ谷、お前……他意はないんだよな？」

今度こそ、ギクリと譲の全身が強張る。息を呑み、新開の顔を直視することもできなくなって視線を泳がせていたら、熊田が豪快な笑い声を上げた。

「なんだそりゃ！　桐ケ谷がお前に惚れてるってことか？」

「そうじゃない」

言下に新開が否定してきて、譲は詰めていた息を一気に吐いた。ようやく新開に目を向けると、苦々しい顔をした新開と目が合う。

「なんというか……社長の機嫌を損ねたらクビになる、なんて思ってないだろうな……？」

「ま……まさか、そんな……他意はないです、他意は」

うっかり二回同じ言葉を繰り返してしまい、不自然だったろうかと笑顔が引き攣った。そうか、と返す新開も歯切れが悪い。

「とりあえず、また新しい企画考えないとなぁ」

話を打ち切るように熊田が大きく伸びをする。それきり新開と熊田は自分の仕事に戻っていったが、譲だけはなかなか動揺を鎮められない。

他意はないいんだよな？　と念を押した新開の言葉が耳から離れなかった。

（もしかして社長には……全部見抜かれてるんじゃ？）

そう思ったら、背中に冷たい汗が浮いた。新開はノンケだ。同性に想いを寄せられても迷惑なだけだろう。

だから譲はとっさに、隠さなければ、と思う。新開には何があってもこの恋心がばれぬよう、細心の注意を払わなければ。

（これまで通りにすればいい、これまで通り、普通に）

普通に、普通に、と譲は繰り返す。なんてことはない、大丈夫だと。

しかし、本心を隠して普通に振る舞う、ということは、時として多大な苦労を要する。そのことを、このときの譲は知る由もなかったのだった。

会社の倉庫は混沌《こんとん》としている。置き場に迷った物を、とりあえず皆ここへ押し込むからだ。自社製品の在庫や撮影機材、宣材写真と掃除用具、夜食用のカップラーメンが箱買いされているかと思えば、随分昔の週刊誌がその下から出現することもある。

所用で倉庫に足を踏み入れるたびに少しずつ物の整理をしている譲だが、最近は用がなくともここで掃除をしていることが多い。事務所では、隣の席に新開がいるからだ。

新開が好きだと気づいてしまったら、思った以上に普通に振る舞うことが難しくなった。どうしても新開の横顔に目を奪われてしまうし、新開が誰かと交わすちょっとした会話にも耳をそばだててしまう。盗み聞きをしているようで心苦しく、そんなときはこうして倉庫の掃除をして冷静さを取り戻すのが常だった。

今日も隣で新開が電話をしているその声に意識を奪われ、譲はそっと席を立った。新開の声に集中していると、耳元で何事か囁かれている気分になって非常によくない。

電話が終わる頃合いを見計らって帰ろうと、譲は入り口近くに積み上げられていた段ボールに手を伸ばす。すると、その上に置かれていたDVDが雪崩《なだれ》を起こして床に落ちてきた。拾い上げたDVDを見てハッとする。タイトルは『幼な妻』だ。

「あれ、桐ケ谷また掃除?」

DVDを手に固まっていると、倉庫に根岸がやってきた。片手に分厚いファイルを抱えている。倉庫から持ち出した資料を返しに来たらしい。

根岸は譲が手にしているDVDに目ざとく気づくと、眼鏡の奥の瞳を光らせた。

「それ、気になる?」

「え……っ、き、気になるというか……その、以前社長がカメリハに出ていたらしいので」

気になる。新開がリハーサルで男優とどう絡んだのか。非常に気になる。

しかし気になるのはカメリハの映像であって、製品版のこれではない。さすがにリハーサルの映像など残っているはずもないだろうと思っていたら、壁際のキャビネットにファイルを収めた根岸がつかつかと近づいてきた。

「それはね、製品版より社長のカメリハの方がずっとよかった。男優が社長とリハをやりたいって言い出して、社長も本気で応えたもんだから本当に凄かった」

「ほ……本気で」

うっかり想像してしまいそうになって譲は小さく頭を振る。だが、次の根岸の言葉で余計な考えなど頭から吹っ飛んだ。

「あんまり凄かったから、カメリハの映像を保存したくらいだからね」

「——保存してるんですか⁉」

反射的に大きな声を上げてしまった。勢いよく身を乗り出した譲を、根岸がいささか驚いた顔で見ている。

食いつきのよすぎる反応を自覚して譲がハッと後ろに身を引くと、根岸はニヤリと唇の端を持ち上げた。

「ちょっとだけ、観てみる？」

仕事中ですよ、と窘《たしな》めることも忘れ、譲はごくりと喉を鳴らして頷いた。

「最初は完全に男優の悪ふざけだったんだけど、社長が本気になったもんだから最後は腰砕けになってたよね。社長、男前な上に声がいいから」

編集室でモニターを立ち上げ、根岸は当時を思い出したのかおかしそうに笑う。

譲はその隣に腰かけて、緊張した面持ちで映像が流れるのを待った。

画面がパッと切り替わる。ベッドの上に二人の男性がいた。その片方は、新開だ。

「しゃ、社長、服着てませんけど……！」

「いや、下は穿いてるよ。相手は全部脱いでるけど」

根岸は頭の後ろで手を組んで椅子の背もたれに寄りかかる。逆に譲は膝に両手を置き、食い入るように画面に顔を近づけた。

相手の男優は端から本気でリハーサルをする気もないのか、ニヤニヤと笑って新開の顔を覗き込んでいる。新開は別段嫌がる素振りも見せず、片手に台本を持って台詞を読み上げているようだ。低い声はよく通り、きちんとマイクで拾っているわけでもないだろうに甘く耳を打つ。

なおも笑いを引っ込めない男優が、新開の首に腕を回した。それまで台本に視線を落としていた新開が、ようやく目を上げる。

新開と視線が絡んだその瞬間、男優が軽く息を呑んだのが画面越しにわかった。

見詰め合ったまま、二人はしばらく動かない。新開の顔は怒っているわけではなくただ真剣で、男優の顔からも薄笑いが消える。

新開が顔を傾け、逞《たくま》しい顎のラインが露わになる。

相手の顔に新開の顔が近づいて、とっさに目を逸らしていた。本当にキスをしたのか、リハーサルだからキスのふりで済ませたのかわからない。確認するだけの勇気もない。仕事とはいえ、新開が他人とキスをしているところなど見てしまったら、今日の仕事がまるで手につかなくなることは確実だった。

「あの、どうしてこの男優さんは、リハーサルに社長を指名したんでしょう……？」

恐る恐る画面に視線を戻しながら譲は尋ねる。新開はキスこそしていなかったが、相手をベッドに押し倒して首筋に唇を滑らせている。先日新開に押し倒されたとき、同じように首にキスをされたことを思い出して心臓がばくんと大きく脈打った。

「前々から目をつけられてたんだよ。社長、男にモテるから」

「でも、社長は男性に興味はないんですよね……？」

「多分ね。ちゃんと訊いたことないから確かなことは知らないけど」

ですよね、と返しながらも、譲は画面から目が離せない。

新開は相手の鎖骨を噛み、大きな手で腰を撫で下ろす。その手つきが、生唾を呑むほど色っぽい。本職である男優の方が呑まれている。その顔を見上げ、新開は男優の肌に唇を寄せ

たまま囁く。

『……いいか』

スピーカー越しにもかかわらず、低い声に耳朶をくすぐられた気分になった。首の後ろから背中にかけて鳥肌が立ち、根岸が「凄い」と連呼していた理由を悟る。

新開には不思議な色気がある。骨張って男っぽい指先が、肌の上を滑るときは繊細な動きを見せる。熱心に相手を見詰める瞳の奥に、一瞬で雄の色香が立ち上る。

これを演技でやっているのだとしたら、新開こそとっとと主演で一本撮るべきだ。

相手の肩や胸にキスを繰り返しているだけなのに壮絶に色っぽい新開の姿を見ていたら、新開に押し倒された夜をまざまざと思い出した。画面の中の新開の動きに合わせ、あの日の新開の息遣いや手の熱さまで蘇り、下半身にじわりと熱が集まる。

これ以上は会社で観てはいけない気がして、根岸に映像を止めてもらおうとしたとき。

編集室に、当の新開がやってきた。

「根岸、まだ写真見つからな——……」

室内に譲の姿を見つけて軽く驚いた顔をした新開は、次いでモニターを見て眉を寄せた。

「……何観てんだ、お前ら」

「桐ケ谷に我が社の歴史を教えてたとこ。写真探してきます」

さらりと言って根岸は編集室を出ていってしまう。譲もその後をついていきたかったが、今は立つに立てない事情があった。服の上から見てわかるほどかは知らないが、下半身に疼《うず》きがある。新開のこんな映像を観て反応しているなど、断じて知られるわけにはいかない。

カメリハの映像が流れるモニターの前で譲がじっと椅子に座っていると、根岸を見送った新開が無言でこちらを見下ろしてきた。机の下に隠れて下半身の状態などわからないだろうが、譲は背中を強張らせる。

「桐ケ谷、ちょっといいか」

そう言って、新開はあろうことか譲の隣に椅子を引き寄せてくる。最早新開の顔をまともに見ることもできずモニターを見続けていると、新開がぱちんと映像を切った。

「この前は、悪かったな」

唐突に静かになった室内で、新開はばつが悪そうに呟く。

一度、小さく深呼吸をした。息を整え、なるべく平静を装って新開の方を向く。

顔を向けた途端目が合って、直前に心の準備をしておいてよかった、と心底思った。

「お前、最近俺のこと避けてるだろ？」

新開がごく自然な口調で問いかけてきたので、うっかり頷いてしまいそうになった。寸前で慌てて踏みとどまったが、新開は何もかも承知した顔で後ろ頭を掻く。

「男に襲われてショックだったのはわかるが……あんまり怯えないでくれ。本気で襲ったわけじゃないし、そういう趣味もない」

どうやら新開は、最近ぎくしゃくした態度で接してくる譲が、自分を本物の同性愛者だと思っているのではないかと案じているらしい。

「それは、大丈夫です、わかってます」

「そうか……？　それにしてはお前、俺が隣に座るとびくびくしてないか？」

自分では極力普通に接してきたつもりだったのだが、譲の異変は傍目にも明らかだったようだ。びくびくしていた理由に差こそあれ、きっちり見破られている。

言葉を探して俯いていると、新開が喉の奥で低く呻った。

「さっきみたいなもん観たら信じられなくなるかもしれないが、俺にそっちの気はないぞ」

「わ、わかってます。カメリハですもんね……？」

「仕事となれば、なんとも思ってない相手でもあれくらいやる。頭の中では昼飯のことくらいしか考えてない。だからお前も、あの夜のことは早く忘れろ」

言葉尻から、新開がなんとか譲の警戒を解こうとしていることがわかった。そしてそれは偽らざる事実でもあるに違いない。

だからこそ、譲の胸はずしりと重くなる。

（なんとも思ってない相手……。それは、僕のことか）

あの日新開が自分を組み敷いたのは、譲の本気を見定めるためだ。それ以外の意味などないのはわかっていたが、本人に面と向かって断言されると、お前など端から恋愛の対象にもならないのだと突きつけられたも同然で、きりきりと胸が痛んだ。

最初から、ノンケの新開とどうにかなろうなどとは思っていなかったはずなのに、胸の底からひたひたとやるせなさが染み出してくる。

(社長が言う通り、早く忘れないと……)

新開などは、もうとっくに忘れているのだろう。あれは仕事の延長だ。何度も何度も、夜が来るたび思い出してしまう自分の方が間違っている。

そう認めようとした途端、ガラスの欠片《かけら》でも飲み込んでしまったかのように、喉の奥に激痛が走った。

痛みは胸まで転がり落ち、深々と心臓に突き刺さる。

嫌だ、と声に出してしまいそうになり唇を噛んだら、口からでなく、目から何かが転がり落ちた。涙だ。

一粒だけ落ちてしまったそれを、譲はとっさに袖口で拭う。頬を掻く振りをして、急造で笑顔を作った。

「大丈夫です、わかってます!」

笑顔は歪んだものになっていないだろうか。声は湿っぽくないか。自分では判断もつかない。こちらを見る新開が、譲の言葉を素直に信じているかどうかも不明だ。新開の眉間に細くシワが寄り、もしや涙まで見られたかと譲は慌ただしく席を立つ。

「あの、ご心配おかけしてすみませんでした。わざわざ声をかけていただいて、ありがとうございます」

胸に刺さった痛みのおかげか、腰にわだかまっていた熱は引いていた。新開から何か言いたげな気配が強く漂ってきたのはわかっていたが、譲は顔に笑顔を貼りつけたまま、一礼して編集室を飛び出す。

とりあえずひとりになるため給湯室に駆け込み、膝からその場に崩れ落ちそうになった。

（こ……今度こそ、ばれたかもしれない）

新開が涙に気づいていないことを願うばかりだ。涙の理由を問われたら、最早言い訳のしようがない。

普通に接しようとしているはずなのに、意識するほど上手くいかない。

流し台の前で頭を抱え、譲はしばらくその場から動くことができなかった。

新開とは何事もなく接しよう、と譲が心に決めた翌日。

今度は新開の様子がおかしくなった。

朝、誰よりも早く事務所にいるのはいつものことだが、挨拶の声に覇気がない。普段なら誰かが事務所に入ってくると作業の手を止めて顔を上げ、相手の目を見て「おはよう」と声をかけてくるのだが。

今日の新開は、譲が入室しても振り返らなかった。隣の席に座ってようやくぼそりと挨拶されたが、視線をこちらに向けることもない。そのときの譲の動揺たるや、凄《すさ》まじかった。

(や……やっぱり社長への気持ちがばれて……⁉　気持ち悪いって、顔も見てくれなくなったんじゃ……!)

どれくらい動揺していたかというと、席に着いてから五分近く、パソコンの電源を入れるのも失念していた。後から熊田や大場もやってきて、彼らに対しても新開が同じ態度を取っていたので、ようやく安堵した次第だ。

しかしやはり、他の二人も新開の異変は感じたらしい。昼休みを目前にして、とうとう大場が痺れを切らし新開の席へやってきた。

「社長、今日なんかあった？　朝から変じゃない？」

書き物をしていた新開は、紙にペンを滑らせながら、「何がだ？」と短く問う。

本人は気づいていないのかもしれないが、この反応も相当おかしい。いつもの新開ならとっくにペンを置き、椅子を回して大場と向き合っているところだ。

「競馬ですったか？　それとも悪いもんでも食っちまったか？」

熊田も気になっていたらしく声をかけてきて、ようやく新開も顔を上げる。

隣の席から新開の様子を窺っていた譲は、その顔を見るなり身を乗り出した。

「……社長、熱があるんじゃないですか？」

譲の言葉に、熊田と大場も揃って新開の顔を覗き込む。新開はうるさそうに顔を背けたが、その唇が赤いことを譲は見逃さなかった。酔ってもほとんど顔色が変わらない新開だが、唇だけは顕著に色を変える。

大場が遠慮なく手を伸ばして新開の額に触れた。たちまちその顔色が変わる。

「あっつい！　社長、熱何度あるの⁉」

マジか、と熊田も椅子から腰を浮かせた。譲も思わず席を立つ。

「熱なんてない。いつも通りだ」

「だって熱かったよ！　ちゃんと熱測った？」

「測らなくてもわかる。どこも悪くない」

「いや、新開。お前ちょっと休んだ方がいいよ」

いつもなら新開を社長と呼ぶ熊田が、今日に限って名字で呼んだ。椅子に座り直し、険しい顔で腕を組む。

「お前社長業引き受けてから、まとまった休み一回もとったことないだろ？　さすがに無理がたたったんだって。たまには休め」

熊田は新開より年上だ。今だけは、先輩として後輩に言い聞かせるような口調になる。

新開は苦々しい顔をして、すぐに熊田や大場から顔を背けた。

「……仕事がある」

「そんなの俺たちがやるよ！」

「そうだぞ。上に立つならちゃんと下に仕事も振れ」

「……わかった、今日は早めに帰るから――」

溜息交じりに呟いた新開が、ふいに言葉を切った。

新開の背後に立った譲が、強い力で新開の肩を摑んだからだ。

少しだけ驚いた顔で振り返った新開を、譲は無言で見下ろす。掌から伝わってくる新開の体温は、服越しだというのに驚くほど熱い。普段の比ではない。

「……熱があるじゃないですか？」

ぽつりと譲は呟く。決して大きな声ではなかったが、大場がその場から一歩後ろに引いた。災害をいち早く察知する小動物のような動きだ。

ない、と言いかけた新開の言葉を、譲は硬い声で弾き飛ばす。

「自覚できないなら、コンビニで体温計買ってきましょうか？」

新開の肩を摑む譲の手に力がこもる。洋服に不自然なシワが寄り、傍目にも譲がギリギリと音を立てるくらい指先に力を入れているのがわかった。

表情を隠すように前を向いた新開に、譲はうっすらと目を細める。

「社員のために休日返上で働いて、昨日は何時のお帰りですか？　終電を気にしなくていいので、さぞ遅くまで残っていたんでしょう。熱が出るまで無理をして、それでも仕事は続行ですか。で、仕事を前倒しにやり遂げて、貴方《あなた》まで倒れて元のもくあみですか？」

大場があたふたと熊田に駆け寄る。熊田は面白そうに顎を撫でるばかりだ。

「……熊さん、桐ちゃんがキレてる」

「桐ケ谷はこういうキレ方するんだなぁ。育ちのいい奴の方がこういうときは怖いわ」

二人の言葉など耳にも入らず、譲は新開の肩を掴む指先に一層力を込めた。

「きちんと休まなければ治るものも治りません。大人でしょう。それくらいわかりませんか。大局を見極めてください。社長が倒れたら会社も傾くんです。今すぐ帰ってください」

たたみかけられて観念したのか、新開が肩越しに譲を振り返る。譲は口元にうっすら笑みを刷《は》いているものの、頑として引かない構えだ。

「……わかった。帰る」

「同行します」

新開が言い終えるか終えないかのうちに譲は宣言する。

ギョッとした顔の新開には目もくれず、譲は早々に帰り支度に取りかかった。

「熊田さん、大場さん、申し訳ありませんが僕も早退します」

「おい……っ、桐ケ谷、お前までついてくる気か？」

「途中で病院に寄りましょう。帰ってから社長が仕事なんてしないよう、しばらく見張らせていただきます」

てきぱきと身の周りの物を片づける譲に新開は何か言いたそうだが、どうやら上手く言葉も出てこないらしい。パクパクと唇を動かすばかりの新開を見て、熊田がけたたましいほどの声を立てて笑った。

「新開、お前もうマジで帰って寝ろ！　そんで桐ケ谷に看病してもらえよ！」

「そうだよ社長。桐ちゃんも社長のことよろしくね。本当に家でも仕事しちゃうような人だから」

わかりました、と頷いて譲は新開の前に立つ。行きますよ、と目顔で促すと、今度こそ本当に諦めたのかふらふらと新開も立ち上がった。

「桐ケ谷、相手は病人だからな。あんまり厳しくするなよ」

事務所を出ていく二人の背に熊田の声がかかる。それでも譲は険しい表情を崩さない。

内心では新開のことが心配で心配で仕方がないのだが、おくびにも出さなかった。そうでもしないと新開を病院に連れていくどころか、家に帰すことすら難しい。

(どうしてこの人は、いつもいつも他人のことばかり――……)

いっそ泣き出しそうな気持ちを押し殺し、譲は厳《いか》めしい顔で会社を出た。

病院で、新開は風邪と診断された。薬を飲んでゆっくり休むように、とのことだ。

譲は病院を出ると真っ直ぐ新開の部屋へと向かう。会社を出るとさすがに新開も緊張の糸が切れたらしい。アパートの階段を上る足取りは隠しようもなく重い。譲が肩を貸してやってなんとか部屋に辿り着くと、着替えだけ済ませて崩れるようにベッドに倒れ込んだ。

「社長！　大丈夫ですか、ちゃんと布団に入ってください！」

譲もようやく怒った表情を取り払い、心配顔で新開の体に布団をかける。

新開は、大丈夫だ、というように顔の横で手を振ってみせるが、苦しそうな表情はごまかせない。息も荒く、額に触れてみるとやはりひどく熱かった。

この状況ならひとりにしても仕事などしないだろうが、放っておけるわけもない。

「台所お借りします。お粥《かゆ》作りますから、食べたら薬を飲んでください」

「……いい、自分でやる。お前は帰れ」

「確かお米この辺にありましたよね。勝手に使いますよ」

新開の弱々しい声などあっさりと聞き流し、譲は手早く粥を作る。冷蔵庫はほとんど空で、卵も梅干しも何もない。一体どれほどの期間自宅で食事をとっていなかったのだろうと胸を痛めつつ、譲は塩を振っただけの粥を新開の枕元へ持っていく。

譲が粥を作っている間、新開はうつらうつらとしていたらしい。足音に気づいたのかうっすらと目を開け、譲を見上げて重たげな瞬きをする。

「……桐ケ谷、頼んでおいたコピーは……？」

熱で意識が朦朧《もうろう》としているらしい。夢の中でも仕事をしているのか。尊敬も過ぎると呆れが混じり、譲は溜息を呑んでベッドの横に膝をついた。

「今やってます。その間にご飯を済ませておいてください」

「……飯」

「そうですよ。後の仕事が詰まってますから、ほら、どうぞ」

新開は一瞬不思議そうな顔をしたものの、のろのろと起き上がって譲が差し出す粥を大人しく食べ始めた。今やその顔は、唇だけでなく頬まで赤い。

新開は薬を飲むと、譲に促されるままベッドに横たわった。薬のせいか、はたまた極度の疲労によるものか、新開の意識はすぐ夢の狭間《はざま》に沈み込んで、室内に寝息が響き始めた。

（……疲れが溜まってたんだなぁ）

洗い物を終え、新開の枕元に膝をついた譲は嘆息する。新開の目の下には、くっきりとしたクマができていた。

何か力になりたい、と思う。だが、仕事の面ではまだ及ばない。

ましてや好きだなどと言えるわけもない。余計な心労が増えるだけだ。

切ない溜息をついたらそれが新開の前髪を揺らし、新開がうっすらと目を開いた。

「社長……？　汗出てきましたけど、何か飲みますか？」

「……水」

「わかりました。持ってきます」

「冷たくないやつ」

「白湯《さゆ》にしましょうか。それとも温《ぬる》めのお茶にしますか？」

いつになく子供っぽい喋り方をするのは熱のせいだろうか。心配な反面微笑《ほほえ》ましくもあり、会社から新開を引きずり出したときとは打って変わって柔らかな笑みで譲は応じる。

荒い呼吸を繰り返しながら、新開は二度、三度と瞬きをする。そして質問とはまったく関係のない言葉を口にした。

「……まだ、嫁をもらった記憶はないが」

あまりに脈絡がない言葉を一瞬理解しそこね、譲は小さく噴き出した。

「この前もそんなこと言ってましたね。何か飲み物持ってきてくれる人は全員お嫁さん候補ですか？」

「……前？　いつ」

眉根を寄せて考え込む新開に笑いかけ、譲は台所へ立った。熱のせいか、新開とまともな会話を交わすことは難しそうだ。

譲から白湯を受け取った新開は、一息でそれを飲み干すとまたベッドに沈み込んだ。仰向けになり、譲を見上げて深く息を吐く。

「……悪いな、いろいろと」

一瞬だけ普段の新開の口調が戻る。譲は笑って空になった湯呑《ゆの》みをローテーブルに置く。

「いいんです。社長のために何かできるなら、嬉しいですから」

ここ数日、新開に己の恋心がばれぬよう必要以上に張り巡らせていた警戒が溶け、自然と本音が口の端に上った。

振り返ると、新開は仰向けで深く両目を閉ざしていた。また一瞬で眠りに落ちてしまったのかもしれない。湯呑みを台所に運ぶついでに濡れタオルでも持ってこようと腰を浮かせると、新開の唇が小さく動く。

「……他意はないんだよな？」

「はい？　何か言いました？」

振り返ってみたが、やはり新開は目を閉じたままだ。寝言だろうか。首を傾げつつ譲は台所へ向かう。

その後も、新開の意識は沈んだり浮かんだりの繰り返しだった。高熱はなかなか下がらず、呼吸も苦しそうだ。

夕方、大場と根岸が見舞いに来て、ヨーグルトやスポーツドリンク、冷却シートなどを買ってきてくれたのはありがたかった。

二人が来ると新開はうっすら目を開けたものの、まだ熱で意識がはっきりしないらしく、ほとんどまともな会話にはならなかった。そんな新開を見て、普段は陽気な大場も、他人のことに興味などなさそうな根岸も、神妙な顔で帰っていく。

夜になるともう一度新開に粥を食べさせ、薬を飲ませてベッドに横たわらせた。

今夜は一晩中新開の看病をする覚悟で、実家にも携帯でその旨を連絡する。電話を切ると、ベッドの上で新開がぼんやりと目を開けていた。

「……納期は問題なさそうか？」

また仕事の夢でも見ていたようだ。譲は適当に話を合わせ、問題ありません、と頷いた。天井を見上げ、ホッとしたように息を吐いた新開が瞳だけ動かして譲を見た。

「昨日、謝ったのにどうして泣いた？」

またしても唐突な発言だ。

寝言かと一度は聞き流しかけたが、すぐにそれが昨日の編集室のことを言っているのだと気づいて硬直した。

強張った顔で新開の顔を見返す。新開はじっとこちらを見て動かない。だがその目は熱で潤んで、呼吸も忙しないままだ。実家に電話をかけている譲が業者とやりとりしていると勘違いして納期を尋ねるくらいだから、夢とうつつが曖昧なのは間違いない。

譲はぎこちなく視線を落とすと、迷った末に口を開いた。

「あのとき、社長がすぐに忘れるよう言ったので……社長はもう忘れているんだろうと思ったら、なんというか……複雑な心境に……」

新開の意識があやふやなのをいいことに、比較的本音に近い答えをした。

譲の言葉に耳を傾け、新開は再び天井を見上げる。

複雑な心境、などという捉えどころのない言葉でごまかしてみたが、聡い新開は己の恋心に気づいてしまっただろうか。緊張した面持ちで新開の横顔を見守っていると、新開が唇の隙間から細く長い溜息をついた。

「……忘れない方がよかったか？」

一応、会話は続いている。新開の横顔に不快そうな影はない。それどころか瞬きの途中、そのまま目を閉じて眠りに落ちそうになる。この分なら、会話の詳細な内容など明日の朝には忘れていそうだ。そう思ったら、舌先の強張りが少しだけほどけた。

「僕にとっては、他人とああいうことをするのは初めてのことで……きっと、一生忘れられないと思うんです。だからなんとなく、淋《さび》しい、ような？」

有り体に言えば、好きな相手に歯牙《しが》にもかけてもらえないのが辛いということなのだが、いくら相手が病人でもそこまで本心を詳《つまび》らかにすることはできない。

黙って話を聞いていた新開は、そうか、と完全に目を瞑った。

「……俺は、すぐにでも忘れてほしいもんだと思ってた」

熱で朦朧としていてもなお、新開の声は真っ直ぐだ。譲も居住まいを正す。

「男にいいようにされて、お前のプライドに傷がついたんじゃないかと心配した。でも……そういうことなら、覚えてる」

再び目を開け、新開は薄く笑った。帰宅してから初めて表情が和らぐ。

「俺も、プライベートで男とあんなことをするのは初めてだ。そう簡単に忘れられるか」

「プライベートって……ほとんど仕事みたいなものだったじゃないですか」

譲も一緒に笑ってみるが、どうしてもその笑みは弱々しくなってしまう。

恋心が伝わらなかったことにホッとするような、少しだけ焦れるような。伝わってしまえばもう今までのような関係ではいられないだろうし、この恋が進展するわけがないこともわかっているのだが、ぐつぐつと煮えるような想いを胸に閉じ込めておくのも、なかなかどうして、苦しいものだ。

床に直接腰を下ろした譲は、胸に膝を抱え込んで新開の横顔を見詰める。新開はまた目を閉じて眠ってしまったようだ。夕食後に飲んだ薬が効いてきたのか、心なしか呼吸が落ち着いてきたように見える。

社長、と小さな声で呼んでみた。けれど返事はなく、譲は新開が眠っていることを確認してからそろりと口を開いた。

「実は……好きな人ができたんです」

新開からの反応はない。そのことに安心して、譲は膝頭に横顔を押しつけた。

「最近知り合ったばかりで、僕はまだその人のことをよく知らないんですが……でも、どうしてか惹かれます。こっちを向いてくれると嬉しいし、側にいると離れがたくなって、離れていても、ふとしたときにその人のことを思い出すんです」

長く心に秘めていた言葉をつらつらと口に乗せると、胸の底で焦げつきそうになっていたものが少しだけ外へ逃げていく気がした。一度顔を上げて新開の顔を確認してみたがやはり目を閉じたままで、譲は再び膝頭に頬を押しつける。

「その人も、同じ業界にいる人なんです。カメラの前に立つこともあります。仕事とはいえ、他人と抱き合っているところを見ると、苦しいです……」

思ったよりも重たい口調になってしまい、譲は照れ隠しに小さく笑った。

「なんて、僕が妬《や》いても仕方ないんですけど……」

笑いながら顔を上げたら、ベッドの上の新開と目が合った。

先程まで仰向けで眠っていたはずなのに、いつの間にか新開は首だけ巡らせ、一直線に譲を見ていた。その顔に、病人らしい弱々しさは欠片もない。

射抜くような強い眼差しにうろたえ、前より強く膝を抱きしめた。新開は布団から片手を出すと、そんな譲に手招きをする。

膝立ちになって新開の枕元に近づくと、唐突に腕を引かれて布団の中に引きずり込まれた。驚いた譲は途中で抵抗したが、新開の方が、力が強い。

しばらくじたばたしてみたものの、相手は病人なので無駄に体力を使わせるのも憚られる。最後は譲の方が折れて、おっかなびっくりベッドの中にもぐり込んだ。

布団に入ってきた譲を、新開は問答無用で胸に抱き込んできた。片想いの相手にそんなことをされ心臓は破裂寸前だったが、新開には前科がある。また飼い猫と間違えてでもいるのかと思っていたら、譲を抱いたまま新開がぼそりと呟いた。

「……昴流はネコだぞ」

ちょうど猫のことなど考えていたので、それが男性同士の性交で女性役を担うネコのことだと気づくのにしばし時間がかかった。

譲は新開の肩の辺りで目を瞬かせる。ここで昴流の話題が出てくる理由がよくわからないが、また仕事の話だろうか。

「それは……プライベートの話ですか？　あの、どうして社長がそんなことを……」

「前にタチ役でオファーしたら断られた」

なるほど、と納得したところで、譲の背中を抱いていた新開の手が動いた。背筋を撫で下ろすようなその動きに、譲はびくりと体を震わせる。

新開はまだ熱が引いていないようで、いつも以上にその手は熱い。服の上からでも指の位置がはっきりわかるようで、譲は慌てて新開の体を押しのける。だが、新開は前より強い力で譲を抱き込んで離さない。掌が腰を撫で、譲は小さく息を呑んだ。

「し、社長……っ、どうしたんです、急に……！」

腰から尻《しり》のラインを撫で下ろす新開の手つきは、病人にしてはやけに性的で、譲は困惑の

表情を隠せない。昨日のカメリハの映像で、新開の手がどれだけいやらしく動くのか客観的に観てしまっただけに、一気に体に火がついた。

一方の手で譲の腰を撫で、もう一方の手で新開は譲の唇を辿る。

熱い親指が唇の隙間に忍び込み、譲は思わず新開のシャツの胸元を握り締めた。

口の中に指を押し込まれるのは苦しい。だがそれ以上に官能的な気分になる。

キスに似た行為だからだろうか。それとも口の中にも性感帯があるのか。性に関する知識も経験も乏しい譲にはわからない。

いつかのように爪で歯列を叩かれたら拒める気がせず、譲は身を硬くする。だが、新開の手はするりと頬に移動して、そっと譲の顔を上向かせてきた。

至近距離から、新開が譲の顔を覗き込んでくる。新開の目に映る自分の顔は、最早抵抗の意思も見られないくらい蕩けている。たったこれしきの身体接触で、情けないくらいだ。

新開は譲の顔をまじまじと覗き込んでから、低い声で問いかけた。

「お前に昴流が抱けるのか……？　こんなに感じやすい体で？」

純粋な疑問を口にしているだけにしては、新開の視線は鋭い。

本心を暴かれてしまいそうで、譲は肩を押し上げるようにして新開の手を退《ど》けると深く俯いた。どうやら新開は、譲が昴流に想いを寄せていると勘違いしているようだ。

違う、と思ったが、訂正したところで本当のことは言えない。いっそこのまま勘違いしておいてもらった方がいいのかもしれない。新開を好きになった以上自分がゲイであることは間違いがないし、根岸の扱いを見る限り、新開はゲイに対する偏見を持っていないようだ。

（よ……よし、そういうことにしておこう！）

腹をくくり、譲は勢いよく顔を上げる。だが、見上げた先にあったのは、深く目を閉じた新開の寝顔だ。譲が逡巡《しゅんじゅん》していた一瞬の隙に眠りに落ちてしまったらしい。

なんだ、と譲は肩を落とす。

本気の告白はおろか、拙い偽装工作すら叶《かな》わなかった。その上新開は譲を抱きしめたままで、身をよじってみても腕が緩む気配はない。

好きでもないくせに、と恨み言が漏れかけて、譲は苦しい顔で溜息を呑み込んだ。

譲が一晩つきっきりで看病したおかげで、新開の風邪は翌日には落ち着いた。翌日は土日だったが、くれぐれも休日出勤などしないようきつく釘を刺し、譲もいったん帰宅した。

週明けに出社した新開は終始申し訳なさそうな顔をしていたが、当然責める者などいるはずもない。むしろ新開に負担をかけすぎていた事実に、皆が己を諌《いさ》めたくらいだ。

ちなみに、新開は熱に浮かされていたとき譲と交わした会話をほとんど覚えていなかった。ならば当然、譲をベッドに引っ張り込んだ記憶もないだろう。

さもありなん、と譲はショックも受けない。それよりは、どさくさに紛れ、これまで通り新開と接することができたようになったのが一番の収穫だった。

新開が風邪で倒れたその翌月、譲にとっては嬉しい出来事があった。譲が提案した企画が採用されたのだ。

一般人から男優を募集し、最終選考に主演男優が参加するという設定で、その選考段階からカメラを回すドキュメンタリー風の内容だった。その応募者の中に男優の初恋の相手がいた、という流れだ。基本的にＡＶは詳細な脚本を作らないそうだが、少々設定が入り組んでいるからときちんと台詞まで書き込んだ、譲の大作だ。

ＡＶなのだから、当然エロスは優先する。一方で初恋の相手に対する男優の慕情が画面から滲み出るようなものにしたかった。ＡＶといえども、そういうセンシティブな演出があってもいいのではないかと譲は主張し、その辺りが皆の心を摑んだらしい。

主演に譲は昴流を推した。ＡＶ男優であることを恥じてはいないが、初恋の相手の前では恋心を隠せない。そうした機微を昴流なら演じ分けられそうな気がしたからだ。

最近の昴流は捨て鉢すぎる、と前回の撮影で苦言を呈していた熊田は難色を示したが、最後は新開が了承した。

そうして迎えた撮影当日。

初めて自分の企画が採用された譲は張り切り、事前準備は万端だった。しかし。

それでも不測の事態が起きてしまうのが撮影現場の恐ろしいところだと、譲は身をもって経験する羽目になった。

「昴流の相手役と連絡が取れない?」

会社の廊下に新開の険しい声が響く。今日の撮影は自社のスタジオだ。すでに昴流は待機しているというのに、相手役の男優が到着していない。うろたえた顔で譲がそれを報告していると、傍らを通りかかった熊田が事態を察し、大仰に溜息をついた。

「直前になって雲隠れでもしちまったか、最近の若い奴は根性ないねぇ」

熊田は抱えていた三脚をひょいと床に下ろすと、同じような気軽さで新開に言い放つ。

「じゃあ社長が出るか」

どきりとしたのは譲だ。冗談かと思ったが新開も思案顔で、どうやら本気でその可能性も視野に入れているらしい。

「し、社長が出るんですか? スタッフなのに?」

「どうしても男優が見つからない場合は、スタッフが代役立てることなんてざらだぞ」

熊田が当然顔で言い放つ。そうだな、と新開も頷いて、とっさに譲は口を滑らせていた。

「し、社長じゃないと駄目なんですか? 僕とかでは駄目ですか!」

唐突な譲の申し出に、新開も熊田も驚いた顔で目を見開いた。けれど熊田はすぐに、無理だな、と切って捨てる。

「警察関係者のお前を出演させるわけにはいかないだろ」

「じゃあ、大場さんとか根岸さんは……」

「大場じゃ昴流の迫力に負ける。根岸は終始一貫して無表情だから絵にならない。一番見栄えがするのは社長だ」

「そ……そうですか」

立て板に水を流すような熊田の言葉に食い下がるだけの知識も経験もなく、譲は悄然《しょうぜん》と肩を落とす。

意気消沈する譲を見て、熊田は面白そうに口角を引き上げた。

「なに、お前そんなに昴流と絡んでみたかったの？」

「え……っ、い、いえ！　そういうわけでは！」

的外れな疑いをかけられ、譲は大慌てで首を横に振る。横目で新開の表情を窺ってみると、なんとも苦々しい顔をしていて胆が冷えた。

ただでさえ新開には自分が昴流に片想いしていると勘違いされているのだ。職場で公私混同しているなどと思われたくない。たった今、新開が他人と絡んでいるところを見たくないという私情を前面に押し出したのが事実だとしてもだ。

「僕はただ……社長の負担を減らしたかっただけですから！」

「そうかそうか。お前は本当に社長想いのいい社員だなぁ。な、社長？」

熊田がおどけた調子で新開に声をかけるが、新開は無表情で何も言わない。出すぎた真似をしてしまったかと、譲の顔には見る間に不安の雲が広がる。

「まあこういうことは年に何回もあるもんじゃないし、桐ケ谷もあんまり気にするな。それよりほれ、昴流に事情を説明に行ってこい」

本当はもっと弁解しておきたかったが、熊田に背中を押されてしまえばその場を離れざるを得ない。最後にちらりと振り返ってみたが、新開はまだ無表情のままで、それは譲の胸に小さな棘《とげ》を残したのだった。


結局男優と連絡はつかず、新開が昴流との撮影に臨むことになった。

昴流はスタッフの出演に抵抗もないらしく、あっさりと承諾して撮影は進む。

男優が雲隠れしてしまったわりに、撮影は順調だった。昴流の演技も冴《さ》えていて、熊田も「今回の昴流はいいいな」と機嫌よさ気に周囲に漏らしていたほどだ。

撮影が長引くこともなければ、誰かが大きなミスをすることもなく、日付が変わる頃にはすべての撮影が終了した。

昴流が引き上げ、現場の片づけが進む中、譲はひとり離れた場所で作業を続ける。

自分の表情が打ち沈んでいることは自覚済みだ。一刻も早く作業を終え、できるだけ早く帰ろう。そう思っていたのに手元にフッと影が落ち、見上げるとそこに新開がいた。

「桐ケ谷、ちょっと」

ジーンズとTシャツに着替えた新開が、目顔で廊下を示す。その時点で譲はもう、重くて冷たいもので全身を押し潰されるような錯覚にとらわれていたが、言下に断れるはずもない。新開に導かれるまま、誰もいない事務所に入った。

「今日の撮影、何か問題でもあったか?」

自席に着くなり、新開は単刀直入に切り込んでくる。その隣に腰を下ろした譲は、黙って自身の膝を握り締めた。

撮影中、ほとんど新開と会話は交わさなかったが、休憩時間などに譲の顔色を見ていたのだろう。聡い新開をごまかすことは難しい。

だが、どうして正直に言えるだろう。カメラの前で新開と昴流が抱き合う姿を見て嫉妬《しっと》したなどと。

せめてもう少し、新開がぎこちない演技をしてくれればよかった。あれは演技なのだ、社長も大変だと意識を逸らすこともできた。けれど代役で出演するのは慣れたものなのか、新開は一切私情を挟まず昴流の初恋役を演じ切った。

演じるといっても、台詞に抑揚をつけるわけでも、身振りを大きくするわけでもないのだが、新開の低い声で淡々と紡がれる言葉には真実味がある。告白のシーンなど、本当に新開が昴流に想いを告げているようで、自分で台詞を書いておきながら胸が引き裂かれるような気分になったほどだ。

黙りこくる譲の前で新開は自身の膝に手をつくと、俯いた譲の顔を下からすくい上げるようにして覗き込んできた。

「前にも言っただろう。お前の目は視聴者のそれに近い。何か気がついたことがあったのなら言ってくれ」

いつもながら、新開は仕事に対して誠実だ。一方自分は撮影中、何を考えていただろう。疾《やま》しさで新開の目を見返すこともできなくなって、譲は一層深く俯いた。

「確かに僕は、視聴者の視線に近いかもしれません……でも、一応僕も撮影に関《かか》わってるんです。そんなに客観的には、見られない、ときもあります……」

新開の視線から逃れたいばかりに、言い訳のような言葉をつらつらと並べていた。声がいつになく頑《かたく》なになってしまうのも止められない。

ややあってから、新開がゆっくりと体を引いた。ギッと椅子が軋む音に紛れさせるように新開がそっと溜息をついたのがわかり、身が竦む。新開には、何もかも見透かされていそうで怖い。

しかし溜息の後に新開が呟いたのは、譲の本心から遠く離れた言葉だ。

「本気で昴流に惚れたか？」

俯いていた譲は、見当違いな言葉に驚いて勢いよく顔を上げた。

「そういうわけでは……！」

「その割には、やけに今日の撮影に出たがってたな」

「ですからそれは、社長が……」

社長が昴流さんと抱き合う姿を見たくなかったからです、という本音が漏れかけ、強く唇を噛んだ。それが悔しさを噛み殺したようにも、新開の立場に嫉妬しているようにも見えることなど、譲にはわからない。

胸の奥がもやもやする。だが、そのうちのどれひとつとして、言葉にして伝えることができないのがもどかしい。

新開が好きなのだと、たった一言言えたらいいのに。でも言ってしまったら、きっと先々まで後悔する。ノーマルな新開が、こちらの気持ちを受け入れてくれるはずもない。

様々な感情を内に閉じ込めて黙り込む譲の顔をじっと見て、新開は一度深く目を閉じた。心の底に沈んでいる言葉を、じっくりとすくい上げているような表情だ。

再び目を開けた新開の顔には、ただ強い信念があるばかりで雑駁《ざっぱく》な表情が一切なかった。その顔を見ただけで、何か厳しいことを言われるのだとわかった。だが譲に身構える隙も与えず、新開は迷いのない声で言い放つ。

「うちは性を扱う仕事だ。だからこそ、理性的でなかったらこの先ここで仕事なんてしていけない。もう少し、役者との距離は冷静に測れ」

相手の心臓を貫くような、真っ直ぐな視線と声だった。

それを受け、譲はその場にずるずると崩れ落ちてしまいそうになる。最早どんな言い訳も聞き入れてもらえそうにない。新開の中で、譲は昴流に懸想していることになっている。こうなっては口を開く気力もなく、譲は黙って目を伏せた。譲から反論がないことを確認して、最後に新開はつけ加える。

「役者とトラブルがあると、後々うちの会社の信用問題に関わる。職場で出演者とそういう関係になったら、悪いが辞めてもらう。……それだけ、覚えておいてくれ」

ごく短い沈黙の後、はい、と消え入るような声で譲は応じる。

ならば絶対出演者を好きにはなれないな、と思い、時として男優を務める新開を好きになったことも、他人に知られるわけにはいかないと重ねて思った。

力ない足取りで事務所を出ると、向かいの編集室から同じタイミングで根岸が出てきた。根岸は譲の顔を見るなり、ちょっと、と編集室に手招きする。

何事かと思ったら、目の前にペットボトルのジュースを差し出された。

「それ、少し飲んだら。昼からまともに食べてないでしょ」

言われて初めて昼も夜もろくに食事をしていないことに気がついた。新開と昴流の絡みを思い出すと、みぞおちの辺りがどんよりと重くなり食欲が湧《わ》かなかったのだ。

根岸の優しさに慰められ、譲はありがたくジュースの栓を開けた。

「……何かあったの。さっき社長に呼ばれてたみたいだけど」

いつもと変わらず抑揚の乏しい声で根岸が尋ねてきて、口に運んでいたボトルが止まった。新開から告げられた言葉を思い出すと、今なお胸が塞《ふさ》がれたようになる。それをごまかそうと、譲は無理やり笑みを作った。

「実はちょっと、昴流さんのことで……」

「本当に昴流さんに惚れた？」

「いえ、ちが……って、なんでそのことを……⁉」

「だって撮影中、この世の終わりみたいな顔してたから。主演決めるときもやけに昴流さん推してたし。熊さんと大場もおんなじようなこと言ってたよ」

ということはつまり、会社中の人間が同じ勘違いをしているわけか。こめかみに鈍い痛みが走ったがそれは無視して、譲は改めてジュースを口に運んだ。

「本当に違うんですけど……。ただ、職場で出演者とそういう関係になったら辞めてもらうと社長に釘を刺されてしまって……」

「社長がそう言ったの？」

「はい。会社の信用問題に関わるので……」

「でも、熊さんの奥さん元ＡＶ女優だよ。うちでも何度か仕事してた」

ごくん、と譲の喉が上下する。驚きのあまり表情を失った譲を見て、根岸はさらに考え込むような顔をした。

「まだうちがゲイビにシフトチェンジする前だから、社長もまだ社長じゃなかったし……当時は大っぴらにそういうことが言える立場じゃなかっただけかもしれないけど」

「あ……そう、ですよね……?」

「あるいは昴流さんに手を出されたくなくて、牽制《けんせい》してきたとか?」

わずかな光明にすがろうとした譲の手を、根岸はあっさり振り払うようなことを言う。

「で、でも、根岸さん前に、社長は男性に興味がないって……!」

「多分、とも言ったはずだけど」

詰め寄ったもののあっさりとかわされ、譲は愕然とその場に立ち尽くす。

根岸の言うことが正しければ、先程新開から向けられた鋭い視線の意味が変わってくる。あれは慣れない職場で色恋沙汰《ざた》に巻き込まれぬようにと譲を慮《おもんぱか》るものではなく、昴流に対する独占欲の表れということにならないか。

思い返せば新開は、人気の落ちてきた昴流を以前から敢《あ》えて使いたがっていた。人が好い、と熊田は言っていたが、本当の理由は別にあったのかもしれない。

「少なくとも僕は、役者に手を出すなって社長から注意されたことはない」

追い打ちをかけるように根岸に断言され、譲は強く眉根を寄せた。飲み込んだばかりの甘い液体が喉元まで逆流して、やっぱり、という言葉が溺れていく。

（社長は、昴流さんのことが好きなんだ……）

自分の言葉に打ちのめされ、譲は深く目を閉じる。

きっと目の前の根岸は不審に思っていることだろう。フォローしなければとは思うのだが、何ひとつ言葉が出てこない。足元からずぶずぶとぬかるんだ土に沈んでいくようだ。

辛うじて、すみません、と呟くのが精一杯の譲に、根岸は少し休むよう素っ気なく告げて部屋を出ていった。今の譲にとってはこれ以上ない気遣いだ。

編集室に残った譲は、力なく椅子に腰かける。早く撤収作業に戻らなければと思うものの、指先まで痺れたようで体に力が入らない。

そうやって椅子に腰かけて、どのくらい経った頃だろう。

（……失恋かぁ）

ようやく胸の中にポロリと落ちた言葉に、譲は力なく笑った。

頭では理解した。だが、心はどの程度その事実を受け入れているだろう。

今は涙も出てこない。感情も昂ぶらない。ただしんしんと指が冷たい。

譲は根岸からもらったジュースをゆっくりと口に含む。

美味しい、と誰にともなく呟く。味覚も思考も至ってクリアだ。

そのことに、まだ何ひとつ現実を受け入れられていないのだろう自分を、実感した。

撮影が終わっても、すぐにそれがＤＶＤとなって世に出回るわけではない。

ひとつの作品が商品化されるまでには、映像の編集はもちろん、ジャケット写真の撮影があり、色校があり、プレスがあり、倫理協会の審査も通さなければいけない。

入社した頃はまだ柔らかかった春の日差しが夏の眩《まぶ》しさに取って代わる頃、根岸が一枚のＤＶＤをそっと譲に手渡してきた。

何かと思えば、譲が企画した昴流主演の作品だ。撮影から一ヶ月以上が経ち、ようやく編集が一段落したらしい。

「まだ審査通ってないし、発売もずっと先だから、間違ってもネットに上げたりしないで」

リリース前の映像を、ＤＶＤに焼いてこっそりくれるという。初めて自分の企画が形になったのを目の当たりにして、譲は瞳を輝かせた。

満面の笑みを浮かべる譲を見て、ほとんど表情の変わらない根岸が少しだけホッとしたように息をついた。それがわかってしまって、譲の胸に罪悪感が過る。

最近譲は、社内の面々から何かと気遣われている。以前と比べて格段に笑顔が減り、言動にも覇気がないからだ。

仕事の手を抜いているわけでは決してないのだが、入社当初の明るい積極性のようなものは薄れつつあった。いよいよこの業界に幻滅したかと皆は気を揉んでいるようだが、単純に失恋の痛手から立ち直れていないだけだ。

私情を職場に持ち込むべきではないことくらい、譲とてわかっている。けれど新開と顔を合せると、どうしても昴流との撮影シーンが脳裏をちらついて胸が詰まった。告白シーンもさることながら、好きな相手が別の誰かとベッドで肌を合わせる場面など、進んで見たいものではない。

おかげでせっかく根岸がくれたＤＶＤも、プレイヤーに入れられることなく自宅の私室に置いたまま日々は過ぎた。

月曜定例の企画会議でも、譲の発言はめっきり減った。何か口にしようとすれば、嫌でも議長である新開と視線が絡む。

譲がほとんど意見できないうちに今週も会議は進み、今回は大場の案が採用されることになった。前々から大場が熱望していた団地ものの二作目らしい。

主演などの具体的な話になると、大場は張り切って手を上げた。

「次は昴流さんにやってほしいです！　くすんだ団地に咲く一輪の花！　気だるい魅力に団地の住人たちが狂わされていくんです！」

相変わらず大場は団地ＡＶのことになると目の色が変わる。嬉々として設定を語る大場だが、譲の表情は硬い。ホワイトボードの前の新開を窺い見ると、こちらも渋い表情だ。

「……また昴流か」

明らかに乗り気でない新開を見て、大場は頬を膨らませる。

「社長だって前は昴流さんばっかり使ってたじゃないですか！」

ねえ、と話を振られ、熊田も髭を撫でながら頷く。

「いいんじゃない、昴流。最近評判いいし。ちょっと演技が変わったかな。桐ケ谷の脚本に出た後くらいから」

新開がちらりと譲に視線を向ける。目が合う直前、譲はとっさに手元の資料に目を落とした。さすがに露骨すぎる目の逸らし方だったとは思うが、勝手に体が動いてしまう。

近頃新開の前に立つと万事こんな調子で、まともに視線を合わせることもできない。ここ一ヶ月は会話の回数も格段に減った。

譲もどうにかしたいのだが、心と行動が伴わない。好きだと思う気持ちと、諦めなければと思う気持ちがせめぎ合い、新開の前では引き攣った笑みしか浮かべられなかった。

昴流に気があると新開に勘違いされているのも顔を俯けてしまう原因のひとつだ。恋敵《こいがたき》である自分を新開は疎んでいるのでは、と思うと、新開の顔を直視するのが怖かった。

（社長はそんなに心の狭い人じゃないことくらい、わかってるのに……）

一度悪い方に心が傾いてしまうと、傾斜は際限なくきつくなる。このままでは心が転覆してしまいそうだ。会議の後、自席で事務処理をこなしていた譲は大きく息を吐いた。

事務所には譲と大場しかいない。隣に新開がいないと大分気が楽なのだが、鬱々《うつうつ》とした気分は健在だ。

こんなときは体を動かすに限る。前からこつこつ続けていた倉庫の掃除でもしようと廊下に出た譲は、倉庫のドアを開ける寸前で、中から人の話し声がすることに気づいた。聞き耳を立てるまでもなく廊下まで響いてくるのは、地声の大きな熊田の声だ。そしてもうひとりは、新開らしい。

二人揃って事務所から姿を消したと思ったら、こんな場所で打ち合わせでもしていたらしい。譲は大人しく踵を返しかけたが、室内でひっそりと響いた新開の言葉に、思わず足を止めてしまった。

「桐ケ谷と昴流は、今はあまり現場で一緒にさせたくない」

思いがけず自分の名前が飛び出して、譲は全身を強張らせた。そのすぐ後を「だからなんで！」という熊田の焦れたような声が追う。

「別にあの二人の仲が悪いわけじゃないだろ？　そりゃ桐ケ谷はたまに突拍子もないことするけど、むしろそういうところを昴流は気に入ってる。それに、桐ケ谷だって……」

「だからだ」

熊田の言葉を、刃物のように鋭い新開の声が切り捨てる。たった一言だったが、かつてなく攻撃的に響いたそれに譲は後ずさりをした。見た目に似合わず温厚な新開が出す声とも思えない。

熊田も驚いたのか、辺りが静寂に包まれる。険悪なムードになっているのではと耳をそばだてたが、廊下に漏れ聞こえてきたのは熊田の機嫌よさげな声だ。

「あー、なるほど。わかった。もしかしてお前、面白くないんだろ？」

新開からの返答はない。その沈黙に勢いづいたのか、熊田は一気にまくしたてた。

「やっぱり！　お前、お気に入りを取られて面白くないんだろ！　そりゃわからんでもないけど、だからって仕事に私情を挟むのはさぁ……！」

肋骨《ろっこつ》が、グッと内側に狭まって心臓を圧迫したような気がした。しばらく待ってみても新開は何も言わず、熊田は堪《こら》え切れなくなったように大きな声で笑う。

否定しないということは、つまりそういうことなのだろう。

昴流が自分を気に入ってくれていたとは知らなかったが、それで新開はつまらない思いをしていたらしい。疎まれていると思ったのは錯覚でもなんでもなく事実だったのだと知り、この場から逃げ出したくなった。もう新開の顔を正面から見られる自信がない。

（どうしてこうなるんだろう……）

新開のことが好きだった。でもそれを本人に伝えるつもりなどなく、ただひっそりと想いを馳《は》せているだけでよかったのに。

本当は誰よりも好きになってほしい人から、どうして嫌われてしまうのだろう。

これ以上二人の会話を聞いていられず、譲は足を引きずるようにして事務所に戻る。打ち沈んだ表情で席に着くと、スラックスのポケットに入れていた携帯が震えた。

しょぼしょぼする目で確認してみれば、珍しいことに父親からのメールだ。

譲の父、猛《たけし》は警察官だ。休日は不定期で、土日に家にいることの方が少ない。今日は休みだったか、と考えながらメールを開き、譲は小さく瞬きをした。

直前に聞いた新開たちの会話が衝撃的すぎて、上手く文章が頭に入ってこない。それでもなんとか内容を呑み込んだところで、新開と熊田が事務所に戻ってきた。

隣の席に、新開が座る。

少し前まで、この瞬間が譲は好きだった。すぐ側に新開が来てくれて、隣を向けば横顔が見られて。ときどき言葉を交わす。笑みが向けられる。

（そういえば、最近まともに社長と話もできてない……）

これではいけない。それだけはわかる。

たとえ自分が新開の恋敵だったとしても、それで後ろ向きになって職場の空気がぎくしゃくしたら、いずれはこの会社から去らなければいけなくなるかもしれない。それは嫌だ。

危機感に背中を押され、譲は勇気を振り絞って新開に声をかけた。

「社長……あの、ちょっといいですか……」

パソコンに向かっていた新開が、驚いた顔でこちらを向いた。ここのところ譲から声をかけることなど滅多になかったせいだろう。同じ室内にいる大場や熊田も、揃って耳をこちらに傾けたのがわかった。

久々に新開の顔を直視する緊張感は途轍《とてつ》もなく、血の気の引いた顔で譲は切り出した。

「今日……少し早く帰らせてもらってもいいですか……？」

「……構わないが、もう昼過ぎてるぞ。何時に帰るんだ」

「定時ぴったりで……その、父からメールがありまして」

「親父《おやじ》さんて、生活保安課の？」

何があった、と新開は椅子を回して譲を見上げてくる。

こういうとき、新開は公私混同をしない。社員の話に誠実に耳を傾ける。昴流のことでやきもきしていることなどおくびにも出さない姿に、さすがだ、と場違いに感心する。

自分も社会人としてかくあろうと、譲はなんとか言葉を繋げた。

「父が、根岸さんからもらったＤＶＤを観たそうです。エンドクレジットに僕の名前が入っている……」

切れ切れにそこまで呟いたところで、ガタッと大きな音を立てて椅子が動く音がした。

緩慢に顔を上げると、新開が強張った顔で椅子から立ち上がっていた。見れば背後にいた大場や熊田まで椅子から腰を浮かせている。そこに根岸もやってきて、それをきっかけに先に室内にいた三人が一斉に譲に詰め寄ってきた。

「待て！　なんだその、エンドクレジットにお前の名前が入ってるＤＶＤって！」

真っ先に声を上げたのは新開で、次に大場が部屋の入り口を振り返る。

「根岸さん、もしかして桐ちゃんが企画したやつあげたの⁉」

「編集が粗方終わったから記念に一枚あげたけど。何、まさかネット上に流出したの」

根岸は眉を顰めて譲の席に近づく。疑いの眼差しを向けられた譲は、やってないです、と大きく首を振ったが、根岸が何か反応するより先に新開に強く肩を摑まれた。

「桐ケ谷、お前ご両親に自分の仕事のこと話してなかったのか……！」

ここ最近の気まずい空気など蹴り飛ばして顔を近づけてくる新開に、譲は心臓まで一緒に蹴り上げられた気分になる。心臓が喉元まで飛び上がったようで言葉が出ず、譲は陸《おか》に上げられた魚のようにパクパクと口を動かした。

「社長、そこを責めたらかわいそうだって。俺だってここで働き始めてすぐの頃は、親にどんな仕事してるか言えなかったもん」

何も言えない譲の代わりに大場がフォローに入ってくれ、新開は我に返ったような顔で譲の肩から手を離した。

「そうか……、そうだな。ようやく就職が決まって大喜びしてる両親に、ＡＶの制作会社に勤めることになったとは、言いにくいだろうな……」

「それより桐ケ谷の親父さん警察官だろ？　あのＤＶＤ観て、なんて言ってたんだ？」

熊田が深刻な顔で詰め寄ってくる。後から部屋に入ってきた根岸もようやく事の次第を察したらしい。皆と一緒に真剣な顔でこちらを凝視する。何やら大変な騒ぎになってしまったとうろたえながら、譲は手元の携帯に視線を落とした。

「本編と、エンドクレジットに僕の名前が出たのを見たらしいです……それで、仕事のことについて、少し話がある、と……」

うっ、とその場にいた全員が息を呑んだ。皆の顔に等しく『もう駄目だ』と浮かんだのが見えた気がして、譲は顔の前で大きく手を振る。

「でも父は、こういう業界には詳しいですから、皆さんが心配するようなことは何も……」

「お前の親父さんが関わるAV会社って全員犯罪者かその予備軍ってことだろ⁉ そんなところに息子を勤めさせようとする親父がどこにいるんだよ！」

ただでさえ地声が大きな熊田が声を張り上げ、譲の喉元まで出かかっていた言葉はその風圧で引っ込んだ。熊田の隣では、大場がおろおろと皆の顔を見回している。

「てことは、桐ちゃん会社辞めさせられるかもしれないってこと？」

「……ようやく少し編集の仕事も覚えてきたところなのに、辞められるのは困る」

「仕事の呑み込みは早かったからな。桐ケ谷が抜けた穴を塞ぐのは容易じゃないぞ」

「駄目だよ、まだ本物の社員旅行にも行ってないのに」

大場、根岸、熊田の三人が、一様に困り果てた顔で囁き合う。それを見て、譲の胸の奥からひたひたと熱いものが押し寄せてきた。

就職活動全敗だった自分を、皆が引きとめようとしてくれているのが嬉しかった。喉の奥から震えた息が漏れそうになるのを呑み込んで、譲は拳を握り締める。

「だ……っ、大丈夫です！　僕がちゃんと父に話を……！」

「駄目だ」

熱を帯びた譲の宣言は、新開の堅い声で遮られる。視線をそちらに向けると、睨むような強い眼差しで新開が譲を見ていた。

たじろいで口をつぐんだ譲だが、止められる理由がわからない。まさかこれを機に会社を辞めろなどと言うつもりだろうか。

考えてみれば、警察関係者を親に持つ譲など、会社にとっては目の上のたんこぶでしかないのかもしれない。先程とは違う理由で泣きそうになる譲の前で、新開は力強く言った。

「俺も行く」

その場にいた全員が、新開を見て目を丸くする。当然譲も例外ではない。

「え……桐ケ谷の親父さんに会いに？　社長も？」

「この会社の代表取締役として、自宅まで挨拶に行く」

「え、え、本当に？　相手警察官なのに？」

「警察に顔向けできないような仕事をしているつもりはない。一度着替えに家に戻る。桐ケ谷も親父さんにその旨伝えておいてくれ」

言いながら新開は椅子を立ち、最後の台詞は事務所の扉から半分体を出しながら言い放たれた。

室内に残された者たちは、その決断と実行の早さに誰もついていけない。ぽかんとした顔で立ち竦む社員たちの耳に響くのは、エレベーターも待ち切れない様子で階段を駆け下りる新開の足音だけだった。


会社から譲の自宅までは、徒歩と電車を合わせて一時間と少しかかる。

移動中は新開と二人きりで、緊張した譲はほとんど口を利くこともなかった。横目で盗み見た新開の横顔も強張って、こちらも他愛ないお喋りに興じている余裕はなさそうだ。

新開の計らいで定時前に会社を出たのだが、自宅に辿り着く頃には空に星が瞬いていた。

「あの、こちらが僕の家です」

電車を降りて数分歩いたところで譲は足を止め、久方ぶりに口を開いた。半歩後ろを歩いていた新開も立ち止まり、目の前の門構えに感嘆の息をつく。

「……本当に、箱入りは箱入りでも、桐箱入りだったか」

新開が脱力した様子で呟く。

『桐ケ谷』の表札がかかるそこは、広々とした庭つきの純日本家屋だ。

家の周りをぐるりと囲むのは、眩しいほどの白壁に漆黒の瓦《かわら》を載せた瓦土塀。数寄屋《すきや》門の建具は千本格子で、その向こうには黒々と濡れた飛び石、剪定《せんてい》された楓《かえで》の木、美しい曲線を描く唐破風《からはふ》の屋根を頂いた玄関が透けて見える。

門前で新開が頭を抱えると、駅前で買った土産《みやげ》のせんべいがその手元で力なく揺れた。

「もう少しまともに作戦を練ってから来るべきだった……」

「一度会社に戻りますか？」

「もう親父さんが中で待ってるんだろう？　帰れるか」

両手を下ろし、新開は撓《たわ》んでいた背中を伸ばす。見慣れないスーツ姿のせいか、それだけで目を惹かれてしまい、譲は慌てて明後日の方を向いた。

いったん帰宅して会社に戻ってきた新開は、冠婚葬祭用と思しき黒のスーツに革靴を履いて現れた。仕事柄スーツを着る機会などほとんどなく、ネクタイは近所のディスカウントショップで買ったらしい。間に合わせとはいえ、上背があり肩幅の広い新開がスーツを着ると恐ろしく見栄えがする。ここに至るまでにも、電車の中や駅のホームでチラチラと新開を振り返る女性を何人か目撃した。

その光景を思い出し、誇らしさと軽い嫉妬が入り混じる気持ちをいなしていると、頬に視線を感じた。目を上げると、新開がじっと譲を見詰めている。

ここのところまともに会話もしていなかっただけに、譲はとっさに表情を作ることも、声をかけることもできない。

人通りの少ない夜道で見詰め合い、先に口を開いたのは新開だった。

「……お前、これからもうちで働きたいか？」

今さらすぎる質問に面食らったものの、譲はしっかりと頷く。新開が言葉の真偽を推し量る顔をしていることに気づいて、「もちろんです」と言葉にもした。

新開は固く締めたネクタイの結び目に指をかけ、すぐ思い直したように手を下ろした。息苦しそうな表情はそのままに、傍らの数寄屋門に目を移す。

譲の曾祖父の代に建てられた重厚な門構えをしばし眺め、新開は譲を見ないまま言った。

「働き口なら、他にもいくらだってあるだろう。それでもうちにこだわる理由があるか？この仕事は、あまり大っぴらにできるようなものじゃないぞ」

離職を勧めるような言い種に、譲は大いにうろたえる。

なぜ今になってそんなことを言うのだろう。会社では他の社員と一緒になって譲を引きとめようとしてくれたのに。そう見えたのは譲の思い違いだったのだろうか。

混乱して何も言えない譲に気づいたのか、新開がようやくこちらを向いた。

「採用した俺に義理立てしようとしてるなら、そんな必要ないんだぞ。他人に職場のことを訊かれたときも肩身の狭い思いをするだろう。いずれ同窓会にでも呼ばれたら……」

「同窓会なら五月にありました」

新開の言葉を止めたい一心で、譲は堅い声で話に割り込む。

「高校時代の同窓会で、皆社会人になったばかりで、当然就職先の話になりました。僕はそこで、ＡＶの制作会社に就職が決まったと友人たちに報告しました」

玄関灯の朧な光に横顔を照らされた新開が、ギョッとしたように目を見開く。友人たちも同じような顔をしていた。譲は体の脇で拳を固め、さらに言い募った。

「ジャストエンターテインメントの名前も皆に宣伝してきました。ゲイビデオを撮っていると言ったら皆には驚かれましたが、肩身の狭い思いなんてしませんでした」

新開の危惧するようなことなど何も起こらなかったと伝えたいのに、新開からの反応は乏しい。ただ目を丸くしてこちらを見下ろす新開に焦れ、譲は声を大きくした。

「僕は……っ、ＡＶの制作会社をよく知りもせずにこの仕事を馬鹿にする奴がいたら、現場に連れてきます。こんなに真剣に仕事をしている人たちの何がおかしいのか、納得いくまで説明させます！」

カメラを構える熊田の真剣な眼差しや、編集室にこもりきりで作業をする根岸の根気強さ。役者のスケジュール調整に苦心する大場や、ひたむきに役を演じる昴流。そして倒れるまで働きづめの新開の姿を目の当たりにして、なおこの現場をせせら笑う者などいないはずだと譲は声を張る。

人気のない夜道に譲の声はよく響き、新開は我に返った顔で素早く唇の前に人差し指を立てた。同時に、飛び石の先で玄関の戸が開く。

「あら、人の声がすると思ったら……早く中に入ってくださいな」

引き戸を開けて顔を出したのは譲の母だ。

外門まで出てきた母親に、新開は恐縮しきった様子で頭を下げている。その後ろ姿を見詰める譲の胸に、じわりと不安が広がった。それを振り払いたくて、数寄屋門をくぐる直前、譲は前を行く新開に聞こえるか聞こえないかほどの声音で尋ねてみた。

「……それでも、僕はこの仕事に向いていないと思いますか……？」

一瞬新開の歩調が鈍ったようにも思えたが、母親に促された新開は振り返ることなく譲の自宅に足を踏み入れる。

譲と新開は庭に面した客間に通され、譲の父、猛が現れるのを待った。

木目の美しい座卓の前で正座をして、新開は何度もネクタイの結び目に手をかけた。緊張しているのか、母親が運んでくれた緑茶に口をつける余裕もないらしい。

「コーヒーでも持ってきましょうか？」

見かねて譲が声をかけると、新開にしては珍しくどっちつかずな反応が返ってきた。落ち着かせるつもりで「コーヒーの方がお好きですよね」と続けると、ようやく軽く頷かれた。

「アメリカンにしましょうか。砂糖はなしで、ミルクだけ」

新開が少しだけ驚いたような顔をした。譲にコーヒーの好みを把握されているとは思っていなかったらしい。

「……お前にコーヒー淹れてもらったことなんてあったか……？」

「いつもコンビニで無糖のカフェオレ買って飲んでるからですよ」

やっと合点がいったようだ。少しだけ気の抜けたような顔になる。同時に冷静さを失っていた自分を自覚したらしく、新開は深く息を吐く。

「……本当に、お前は」

「嫁にしたいでしょう？」

以前そんな会話をしたことを思い出し、譲は冗談めかした口調で言う。冗談にしかなり得ないそれに胸が痛まなかったわけではないが、今は新開の緊張を少しでもほぐしたかった。

新開は意外そうな表情で譲を見ると、すぐにむすっとした顔になって眉を寄せた。タイミングを外したか、と首を竦めた譲に、新開は地鳴りのような声で答える。

「ああ、したい」

表情と言葉はちぐはぐで、譲は即座にその意味を捉えることができない。冗談に乗ってくれたのか、と遅まきに気づいたときにはもう、縁側を歩く父の足音が客間に近づいていた。

縁側に面した襖《ふすま》がすらりと開く。現れた猛は和装だ。やはり今日は一日家でくつろいでいたのか、藍染《あいぞ》めの着物に黒い帯を締めている。

猛は床の間を背に座るなり、新開に深く頭を下げた。

「お待たせして申し訳ない。桐ケ谷猛と申します。今日は遠いところからわざわざ、御足労様です」

「いえ、こちらこそ急に押しかけてしまい、申し訳ありません」

猛に倣い、新開も深々と頭を下げる。その横顔に、意表を衝かれたような表情が走った。

齢《よわい》五十を超えた猛は筋肉質で、体全体に厚みがある。太い眉と鷲鼻《わしばな》の目立つ顔は、お世辞にも柔和とは言い難い。言われなければ、譲と血縁関係があるようには見えないだろう。譲の優しげで線の細い風貌は、ほとんど母親から譲り受けたものだ。

新開から土産のせんべいを受け取った猛は丁寧に礼を述べると、「それで」と重々しく切り出した。

「どうですか、うちの愚息は。職場で使いものにならないと思ったら、遠慮なく尻を蹴飛ばしてくださって構いませんよ」

言葉の途中で猛が目を眇める。一見相手を威嚇しているようにも見えるが、実際は逆で猛なりの冗談だ。初対面の相手に冗談を言うことは珍しいのだが、それだけ息子の職場の人間がやってきたことが嬉しいのかもしれない。

長年同じ屋根の下で暮らしている譲には一目瞭然だが、初対面の新開には猛の心情など正しく理解できるはずもない。すぐに答えることはせず、なんとも堅苦しい表情で黙り込んでしまった。

不自然な沈黙が室内に落ちる。その上新開はどこか思い詰めた顔をしていて、譲の心臓がぎくしゃくと不整脈を打ち始めた。

思えば自宅の前に立ったときから新開の様子はおかしかった。まさかこの場で解雇宣言でもされるのかと譲は息を詰める。

三者三様に黙り込むことしばし。ようやく新開が口を開いた。

「……桐ケ谷君は、よくやってくれています」

でも実力が伴いません、とか、しかしこの業界には不向きです、とか、逆説的な言葉が続くことを覚悟して身を硬くした譲だったが、新開の口から出た言葉はどれとも違った。

「真面目で、一生懸命です。自分の至らない点にも自分で気づいて、挽回しようと努力を惜しみません。真摯に仕事に取り組んで、わが社には、なくてはならない存在です」

手放しの賞賛に、呼吸だけでなく心臓まで止まるかと思った。親の前なので色をつけてくれたのかと思ったが、それにしては新開の言葉は誠実で、浮ついたところがない。

（さ、さすがにそこまで褒められるようなことは……でも、う……うわぁ……！）

譲はとっさに口元を手で覆う。でないと奇声を発してしまいそうだった。恋敵として新開に疎まれているのではと危惧していただけに、喜びもひとしおだ。

譲の体が小刻みに震え、嬉しい、嬉しいと言葉にしなくても全身が訴える。それを感じたのか、隣に座る新開が居心地悪そうに身じろぎした。さすがに照れ臭いらしい。

猛はそんな二人を眺め、おもむろに懐から一枚のＤＶＤを取り出した。

「これは、息子が脚本を？」

なんのラベルも貼られていない、透明なケースに入ったＤＶＤは根岸からもらったものだ。自室の机の上に置いていたのだが、部屋の掃除に入った母親の目にでも止まったのだろう。夫の職業柄、気になって猛に手渡してしまったに違いない。

新開は居住まいを正して頷く。

「はい、彼の企画です。リリースはまだ先ですが、社内の評判は悪くありません。入社して早々に企画が通ること自体、稀《まれ》です」

ほう、と猛は低く応じる。あまり表情が変わらないので、本当に関心を持ったのかどうか傍目にはわかりづらい。

数多《あまた》受けた就職面接でもこんなに質《たち》の悪い圧迫面接はなかった。この威圧感に、この無表情。家族でもなければ、自分の意見を述べる気力が根こそぎ奪われていきそうだ。

内心新開に同情したが、物怖《ものお》じした学生のように新開が黙り込むことはなかった。真正面から猛の目を見返して、広い客間に堂々と響く声で続ける。

「内容を見て、驚かれたことかと思います。御子息がこういった業界に入られたことも、ご心痛のほどお察しいたします」

予想外の言葉が飛び出し、譲は目を瞬かせる。慌てて話に割り込もうとしたが、新開は猛を一心に見据え、譲の様子は目に入っていないようだ。声に一層の熱がこもる。

「ですが、私たちは娯楽作品を提供しているつもりです。犯罪を助長するつもりも、もちろん法に抵触することもせず作品を作っています。何に恥じ入るつもりもありません」

ですから、と言って、新開は苦しげに言葉を切った。両手で膝頭を摑み、深く深く頭を下げる。

「息子さんの選択を、どうか否定することだけは……」

「そうだな。なかなか面白い切り口だった」

決死の思いで口にしたのだろう新開の言葉尻をあっさりと奪い、猛は袖口からまた何かを取り出した。座卓の中央に押し出されたそれは、折りたたんだレポート用紙だ。達筆な字でずらずらと何事か書かれている。

譲と新開は二人して首を伸ばす。直後、傍らの新開が瞠目した。紙面には、『素人ナンパ』『絶頂スペシャル』『どきどき初体験』『ハメ撮り』という、流麗な文字には似つかわしくない言葉の数々が並んでいる。

動じていないのは譲の方だ。意味を問うような視線を猛に向けると、猛は腕を組んで、世間話の延長じみた気楽さで言った。

「部下に最近の良作を教えてもらった。お前も勉強しなさい」

「わざわざ調べてくれたの？　ありがとう、参考にする」

笑顔でレポート用紙を受け取った譲に、新開が愕然とした顔を向ける。このときばかりは

向かいに座る猛の存在も忘れた様子で、猛然と譲に詰め寄ってきた。

「お前……っ、ご両親に仕事のことは言ってないんじゃ……！」

「え、内定が決まった日に社名も業務内容も報告してますけど……？」

「会社ではそんなこと一言も――っ……」

新開の言葉が尻すぼみになり、記憶を反芻《はんすう》するように瞳が揺れる。

確かに譲は、家族に仕事の内容を打ち明けた、とは言っていない。言う前に、皆が勝手に勘違いして話を進めてしまったからだ。

譲もどこかできちんと説明ができればよかったのだが、目の前で見る間に話は大ごとになるし、新開は説明も聞かずマンションへ戻ってしまうし、戻ってきたかと思えば二人きりで譲の自宅まで向かうことになるし、そんなことをしているうちにその場で生じた小さな誤解などすっかり忘れてしまっていた。

「ご両親が認めてくれてるなら、わざわざ俺が説得に出向く必要もなかっただろ……！」

「に、入社式がなかった代わりに、代表として挨拶に来てくれたのかと……」

「そんな途方もない勘違いしてたのか……！」

がっくりと肩を落とす新開を、猛が興味深そうに観察している。

新開がどんな勘違いをして、どんな意気込みでここまでやってきたのか、猛には大方見当がついているようだ。袖の下で腕を組み、わずかに唇の端を持ち上げた。

「君の会社がどんなところか、申し訳ないが事前に調べさせてもらった。毎回きちんと審査も通しているし、金の流れも綺麗なものだ。問題はない」

新開の体にわずかだが緊張が走る。現職の警察官に会社を調べたなどと言われたら、後ろ暗いところがなくとも身構えてしまうのは仕方ない。

「心配しなくても、我々が問題視するのは法と人権を侵す企業や団体だけだ。それとも、君の会社では嫌がる人間を無理やり出演させているなんて……」

「それはありません！」

猛の言葉が終わらぬうちに、新開が強い口調で否定する。譲も一緒に頷いた。

新開は撮影前、必ず男優に収録内容を丁寧に説明するし、少しでも相手が難色を示せば、代替案も提案する。無理強いをしているところなど見たことがない。

いわれのない疑いをかけてきた猛に、譲は不服げな表情を隠さない。猛も本気で言ったわけではなさそうで、わかっている、というように頷いた。

「社員五人で、なかなか大変だ。何本か観せてもらったが、少人数で作っているわりには作りが丁寧だな。社長もきちんとしているようで、安心した」

その言葉で、傍らに座る新開の体からふっと緊張が抜けた。それと前後して、縁側から軽やかな足音が近づいてくる。

「皆さん、お仕事の話はそれくらいにして、そろそろお食事でもいかが？」

襖の向こうからひょっこりと顔を出したのは譲の母だ。寡黙な夫と二十年以上連れ添っているせいか、母親はこういうタイミングを計るのが異様に上手い。新開に断る暇も与えず、早速持ってきた刺身など座卓に並べ始めてしまう。

「新開さん、車でいらしてるの？　電車だったら少しくらいお酒も飲めるでしょう？」

「いえ、そういうわけには……すぐにお暇《いとま》するつもりでしたし……」

さすがに慌てた様子で新開は腰を浮かせるが、母親はからりとそれを笑い飛ばす。

「いいじゃない、日本酒は大丈夫？　うちには料理酒の他は日本酒くらいしかないのよ。この人日本酒しか飲まないから。熱燗でいい？　譲も手伝ってちょうだい」

自宅の気楽さで、はぁい、と間延びした声を上げて譲も立ち上がる。新開はすがるような目でこちらを見たが、一時間も電車に揺られてここまで来てくれたのだから、夕飯くらい食べていってほしいのは譲も一緒だ。にっこり笑って取り合わない。

客間には項垂れる新開と、仏像のように表情を変えない猛だけが残されたのだった。

新開が譲の家を辞したのは、夜の九時も回る頃だった。

この辺りの地理に慣れていない新開を譲が駅まで送っていくことになり、二人揃って外へ出た。生ぬるい風が、酒で火照った頬に気持ちがいい。

譲は自宅で酒を飲むことなど滅多にないが、今日は少しだけお相伴にあずかった。そうでもしないと新開が猛に酔い潰されてしまいそうだったからだ。

猛は新開を甚《いた》く気に入ったらしく、終始上機嫌で新開に酒を飲ませていた。酒には滅法強いはずの新開だが、緊張しながら飲んで酔いが回ったのか、足元が少しだけ覚束《おぼつか》ない。

いつもよりゆっくりとした歩調で駅へ向かいながら、譲は新開に頭を下げた。

「すみません、父と母が張り切ってしまって。父も、社長と飲むのが楽しかったみたいで」

「……そうか？　親父さん、にこりともしなかったぞ？　帰り際には『下手なことをしたらすぐにでも摘発に行くからそのつもりで仕事に励みなさい』なんて脅されるし……」

「それは父なりの冗談ですから……」

新開が真顔で言うので、つい苦笑が漏れてしまった。笑みは口元に柔らかく残り、正面から吹く初夏の風に吹き飛ばされることもない。

隣を歩く新開を見上げると目が合って、譲は久しぶりに体の芯から蕩けるように笑った。目が合うだけで嬉しいと、こんなにも屈託なく思えるのは久々だ。

緊張した面持ちで自宅を訪ねた新開が、譲が会社に残れるよう、父に向かって頭を下げてくれた。そのことが、ここしばらくの悶々《もんもん》とした気分を一掃してくれた。

新開は片方の眉を上げ、ネクタイの結び目に指を突っ込んだ。猛の前ではネクタイを緩めることもできなかったのだろう。それでも最後まで食事につき合ってくれた新開の気遣いに、また笑みがこぼれる。

「社長、今日はありがとうございました。嬉しかったです、あんなふうに言ってもらえて」

もう一度深く頭を下げたら、ぐるんとでんぐり返りそうになった。足元がふわふわするのは慣れない酒のせいだろうか。それとも新開の隣を歩いているからか。

新開も大分飲んでいるので、唇が赤い。自分の言葉を蒸し返されて照れているのか、苦虫を噛み潰したような顔の新開を見上げ、譲は小さく笑った。

「てっきり、これを機に辞めろなんて言われるんじゃないかと思ってました」

辺りは住宅街なので、この時間になるとほとんど人も車も通らない。新開の革靴がこつこつと地面を叩く音だけがしばらく続き、いくつ目かの外灯を通り過ぎたところで、新開がぽつりと言った。

「お前の家を見たときは、正直辞めさせた方がいいんじゃないかと思った」

譲は弾かれたように顔を上げる。外灯が斜め後ろから新開の顔を照らして、そこに潜む深刻な表情を浮き彫りにする。思わず取りすがろうとしたが、新開の言葉はまだ終わっていなかった。

「でも、お前の覚悟のほどを見せつけられて、手放すべき人材じゃないと思った。元々親父さんを説得するつもりで来てたしな。当初の予定に戻しただけだ」

譲の不安げな表情に気づいたのか、そうつけ足して新開が腕を伸ばす。大きな掌が頭の上に置かれ、遠慮なく髪を掻き回された。こんな他愛もない身体接触も随分と久しぶりで、譲の胸に温かな感情が流れ込む。

「同窓会で社名とか言えないだろ、普通。どういう度胸だ」

呆れたように新開が笑うと、体の底からふつふつと笑いが湧いてきた。

どうしてこんなにおかしいのだろう。自分は笑い上戸だったのか。わからないが、笑いと一緒に胸の底から溢れてくるものを止められない。

（ああ……好きだな……好き……）

サイダーの壜《びん》の底から絶えず炭酸が上昇していくように、譲の胸の表面でぷちぷちと弾ける言葉はやけに甘い。と同時に、きつい炭酸水を一気に呷ったときのように、男同士だとか、新開は昴流を好きなのだとか、そういう事実が喉を焼く。

喉元で弾ける、甘いものと辛いもの。でも最後は甘いものが勝って、譲は目尻を下げて新開を見上げた。こちらを向いた新開の視線を捕まえ、一息に告げる。

「僕を採用してくれたこと、感謝してます。仕事熱心で、現場の人たちへの気遣いが濃やかで、社員の人生丸ごと背負ってやるっていう社長の姿勢を、いつも尊敬してます」

「……なんだ急に、買い被りすぎだぞ」

唐突な賛辞に鼻でもつままれたような顔をして、新開は手の甲で鼻先をこすった。

「そういう社長が好きなんです」

新開を見上げたまま譲は告げる。この流れなら恋愛感情は伝わらないだろうと高をくくって、恋心を自覚して以来、最初で最後の告白をした。

声が夜道に消えないうちに、隣を歩いていた新開が少しだけ後ろに下がった。歩調が緩んだようだ。後ろにずれていく新開の顔からゆっくりと表情が抜けていく。譲も歩くスピードを下げ、ゆったりとした口調で言った。

「だから社長は、ずっと社長でいてください。僕も頑張りますから、貴方のために」

大好きですよ、と、一際大きな言葉が心に生じ、胸の表面でぱちんと弾けた。

想いは言葉にならず、譲は黙って笑みを深くする。

できることならこの先も、社員として新開を支えたい。そのためにも、この恋心は封印しなければ。もしも新開と昴流が恋人同士になったとしても、笑顔で祝福できるくらいに。

自分が新開の側にいるためには、それしか他に術がない。

自身の恋心は全部諦め、譲は微笑む。悲壮感はどこにもなかった。好きな人が幸福であれば嬉しいと、強がりではなく思える自分にホッとする。

もしかすると駅前で新開と離れた途端、涙のひとつもこぼすかもしれないが、明日の朝その顔を見ればきっとまた笑える。そんなことを繰り返しながら、今は新開を独占したいと大暴れする恋心も、もう少し優しい気持ちに変化していってくれればいい。

新開を見上げてにこにこと笑っていると、またしても新開の顔が後ろに下がった。新開の歩調は今や牛歩のごとく鈍り、とうとう完全に足が止まる。

外灯の光が届かない薄暗い道端で立ち止まり、新開は片手で顔を覆った。先を歩いていた譲は慌てて方向転換し、俯いた新開の腕に手をかける。

「社長？　どうしました、気分でも悪くなりましたか？　少し休みますか？」

新開は俯いたきり身じろぎもしない。歩いているうちに酔いが回ったのだろうか。近くに自動販売機はなかったかと譲が辺りを見回すと、不穏な雷鳴のような低い声がした。

「あー……もう……」

掌の下で新開が呻く。小さな声は聞こえにくい。身を屈めて新開の顔を覗き込むと、指の隙間から鋭い双眸《そうぼう》がこちらを見ていた。

夜道で腹を空《す》かせた虎《とら》の顔を覗き込んでしまった気分で、譲は無意識に一歩後ずさる。

小動物じみた譲の表情が引き金になったのか、新開も逃げる獲物を追う獣さながら、素早く手を伸ばして譲の手首を摑んだ。強い力で引き寄せられ、再び互いの体が近づく。

「わかってる……。お前に他意がないのはよくわかってる……」

新開は据わった目で、「わかってる、わかってるんだ……」と念仏のように繰り返しているが、譲には新開が何を念じているのかわからない。それよりも、ほんの少し背伸びをしたら新開の頰に髪も触れそうな距離に目を白黒させるばかりだ。

直後、突然新開が声を荒らげた。

「でもな、これ以上はもうこっちが限界だ！」

「ひっ、す、すみません！」

突然の怒声に驚いてとっさに謝ると、それがまた気に入らなかったのか新開がぐわっと目を見開いた。

「何に対して謝ってんだ！　とりあえずの謝罪なんて揚げ足取られて終わりだぞ！」

「すみっ、すみません、わかりません！　何がいけなかったでしょうか！」

「気を持たせるな！　いい加減襲うぞ！」

襲う、という不穏な言葉にギョッとして目を見開いたら、あり得ないくらい近くに新開の顔があった。摑まれていた手首がさらに引き寄せられて前につんのめる。衝突に備え慌てて目を瞑ったら、唇に嚙みつかれた。

反射的に目を見開くと、新開の目元が視界一杯に飛び込んできた。嚙みつかれたのではなく、キスをされているのだと遅れて悟る。

唇はすぐに離れ、暗がりの中で新開が苦々しげな顔をする。それを見上げ、ぽかんとした顔で、なんだろう、と譲は思う。

自分は今何をされたのか。叱責の延長のようなものだろうか。はたまたペナルティか。しかしなんのペナルティだ。

新開の唇の感触もまだ生々しいこの状況では考えをまとめることすら難しい。だが、罰を与えられたのなら反省した顔をしなければ。そう思うのに、上手くいかない。

よろけて一歩後ろに下がったら、民家の板塀に背中からぶつかった。新開はまだ譲の片手を摑んだままなので、空いている方の手で口元を覆う。

表情を取り繕えと理性は叫ぶが、表情筋が従わない。好きな人にキスをされた衝撃がそのまま顔に出てしまう。驚きの下に隠された歓喜は、容易に新開に伝わってしまうだろう。掌では隠し切れない目元や耳が、夜の闇でもごまかせないほど赤く染まっていくのがわかる。

両目を見開いて顔中赤く染める譲を見て、新開の顔に愕然とした表情が走った。

「おい……お前、まさか」

戸惑いを含んだ新開の声を耳にした途端、ばれた、と思った。ざっと体から血の気が引く。

新開の側にいるためにも、この恋心は隠し通すと心に誓ったばかりなのに。

せめて顔を隠そうと俯くと、新開が腰を曲げて譲の顔を覗き込んできた。

「桐ケ谷、今回のそれは今までのとは違うな？　他意があるな？」

新開はすでに譲の本心を見抜いているらしい。譲は体を丸めて新開から顔を背けた。

「すみません、もうしません……！」

「謝るな、ちゃんと言ってくれ、お前はわかりにくい！」

いつになく焦った新開の声が追ってくる。うやむやにしてくれるつもりはないようだ。同性の、しかも自社の社員が自分に恋心を抱いていると知れば、捨て置けないのは当然か。

こうなった以上、今度こそ会社を追い出されるかもしれない、新開の側にいられなくなるかもしれない。切迫した思いが譲の口先の鍵《かぎ》を壊した。

「ごめんなさい、好きなんです、でも――……っ」

新開に迷惑をかけるつもりはないと言うつもりだったのだが、唐突な浮遊感とともに夜風が体を過り、言葉は風に溶けてしまった。

踵が地面から離れ、目の前にネクタイの結び目が迫る。

強引に抱き寄せられたのだと理解するには、少々時間がかかった。鼻先を押しつけたスーツからは微かに樟脳《しょうのう》の匂いがして、その下から新開の体温が伝わってくる。

痛いくらいの力で抱きしめられ、譲は声を上げることもできない。全身が痺れるようで、膝から力が抜ける。へなへなとその場に崩れ落ちてしまいそうになったところで、ようやく新開の腕が緩んだ。

「少し話がしたい。いいか」

締めつけるような力は抜けたものの、未だ新開は両腕で譲を囲ったままで、声にも切迫した響きがある。いよいよ解雇宣言かと青くなったが、とても断れる雰囲気ではない。

譲が頷くなり体を囲っていた腕は緩み、足早に新開に連れられてきたのは駅前に建つラブホテルだった。

入り口で棒立ちになる譲を振り返り、新開は造作もなく言い放つ。

「ここは大丈夫だ。入り口に『ビジネスのご利用も歓迎』って書いてあっただろ」

「あ……そ、そうですか、ビジネス……」

一瞬でも勘違いした自分を恥ずかしく思ったが、新開はさらりとこうもつけ加えた。

「男同士の客もオーケーって意味だ」

はい、と頷いてから譲はまたも硬直する。それは、本来通りの用途でここを利用するという意味だろうか。男同士でも？

譲が悩んでいるうちに新開は慣れた様子で部屋を取り、ホテルの廊下を迷わず歩いていく。一方の譲はラブホテルなど初めてなので、どうしても視線が定まらない。

「しゃ、社長……このホテル前に来たことでも……」

「いや、ない。でもラブホテルなんてどこも似たようなもんだ。撮影でもよく使う」

慣れているわけだ、と妙に納得しているうちに、新開に部屋へ引きずり込まれた。

ドアが閉まるなり、室内の様子を観察する間もなく壁際へ追い詰められた。

「さっきの話の続きなんだが、本当に俺が好きか」

新開の大きな体と壁に挟まれ、譲は忙しなく目を瞬かせる。天下の往来なら車や通行人が会話を遮ってくれるが、ここは密室、自分たちの他は誰もいない。

観念して、譲は小さく頷いた。これ以上ごまかせるとも思えない。

「……信じられないわけじゃないんだが、お前は天然すぎる。確かめていいか？」

新開に低い声で尋ねられ、譲はどうやってとも訊かずに頷いた。基本的に新開には全幅の信頼を寄せている。そしてそういう態度が新開を戸惑わせる自覚もない。

新開は微かな溜息をついてから、指先で譲の顎を捉えて上向かせた。

「あ……」

微かな声が漏れただけで制止の言葉は間に合わず、新開に柔らかく唇を塞がれた。

「キスしてみるか?」と何度かからかわれたことはあったが、こうして本当に唇を重ねる日が来るとは思っていなかった。

壁に寄りかかりなんとか立っている状態で、全身の血が炭酸水に変じてしまったようだと譲は思う。新開が一体どういうつもりキスをしているのかは知らないが、小さな音を立てて唇の角度を変えられるたび、炭酸水が注がれたコップを揺らされるように、体の底からザァッと何かが湧き上がる。

優しく唇を噛まれ、譲は鼻から小さな声を漏らした。それを機に新開の唇がゆっくりと離れ、つい名残惜しくそれを目で追ってしまう。

視線を上げると新開と目が合って、譲は慌てて表情を引き締めた。物欲しそうな顔を見られていたのかと思ったら、頬が火であぶられたように熱くなる。その頬を、新開が親指の腹でそっと撫でた。

「嫌じゃなかったか?」

「そ、それは、もちろん……」

「ならよかった。お前の『好き』って言葉を鵜呑《うの》みにして、押し倒した途端全力で抵抗されたらさすがに立ち直れない」

「お……押し倒すんですか？　僕を……？」

頭の上に山ほど疑問符を浮かべている譲を見下ろし、新開は苦笑を漏らす。

「そりゃ押し倒したい。俺だってお前が好きだ」

「え……っ」

「それとも、お前も俺を押し倒したいか？」

「いっ、いえ……っ！　……いえ？」

とっさに答えてしまってから、譲は首を傾げた。新開も、片方の眉を上げて同じ方向に首を傾ける。本気で俺を押し倒したいのか、と目顔で問われ、譲は慌てて首を横に振った。譲が引っかかったのはそこではなく、ひとつ前の台詞だ。

「社長……でも、社長が好きなのは昴流さんじゃ……？」

「……どうして昴流が出てくる？」

「あの、だって今日、熊田さんと倉庫で……」

尻すぼみになる譲の言葉に耳を傾け、新開はばつの悪そうな顔になった。

「聞いてたのか」

「すみません、立ち聞きしました……。社長、昴流さんと僕を現場で一緒にさせたくないって言ってましたよね。熊田さんも、お気に入りを取られて面白くないんだろうって……」

「その通りだが」

あっさりと肯定されてしまい、譲はふつりと言葉を切る。

直前までの会話は冗談だったのかと思ったら、ぼんやりと新開の輪郭が歪んだ。瞬きをしたら何かがこぼれてしまいそうで瞼に力を入れていると、胸の中心を新開に指で突かれる。

「お前を誰かに取られるなんて、面白くないに決まってるだろう」

とん、と胸を突かれた拍子に、瞬きもせず涙が落ちた。涙は頬を掠めて床に落ちていったが、しっかりと新開の目に焼きついたらしい。新開が軽く目を見開く。

一粒こぼれた涙をごまかそうと、譲は慌てて話題を変えた。

「でも、社長はゲイじゃないんですよね？」

「違うつもりだったが、正直わからん。お前こそどうなんだ。ゲイビ観て反応したことあったよな？」

「あれは社長が出ていたからで――……」

言ってしまってからハッとして口を閉じた。目の前で新開が絶句する。

隠しておくつもりのことをまんまと口に出してしまい、羞恥で思考回路が火を噴いた。これでは貴方の体を見て欲情したと白状したも同然だ。こういうときに何か言うのは逆効果だとわかっているのに、口が止まらない。

「ぼ、僕は、そうです、元から男性が恋愛の対象だった可能性もあるからいいんです！　その、社長しか好きになったことがないので、確証はないですが……でも、社長は……！」

言葉の途中で、新開が突然両手で顔を覆った。そのままよろよろと身を折ってしまった新開を見て、何事かと譲も口をつぐむ。

「……俺だって男をそういう目で見たことなんてない。でもお前が、あんまり健気《けなげ》だから」

「ぼ、僕ですか……？」

「ゲイビに出ようとしただろう。不安で指の先まで震えてるくせに、絶対俺を突き飛ばさなかったな。その上出ようとした理由が、俺のためってどういうことだ」

両手で顔を覆ったまま、新開は訥々と語り出す。

新開曰《いわ》く、入社当初から譲には尊敬や羨望《せんぼう》の眼差しを向けられている気がして、随分くすぐったい思いをしたそうだ。年の離れた弟でもできた気分だった。

だが、ゲイビデオに出ることを思いとどまらせるため譲を組み敷いた後から、調子が狂った。怯えながらもしがみついてくる指先が忘れられない。何を思って耐えているのかと思えば、「社長のため」と迷いもなく言い切ってみせる。

同性に押し倒される屈辱と恐怖を、自分のために甘んじて受け入れようとしているのかと思ったら、ぐらりと足元が傾いた。

そうでなくともその頃には、譲の目の奥に尊敬や羨望という言葉だけでは片づけられないひたむきな熱がこもっているのに気づいていた。見て見ぬふりをしてきたそれが、一気に確信に変わった瞬間だ。

だがその矢先、病床で譲が己の恋心を告白してきて確信は転覆する。本人に想いを打ち明けるはずもなく、となればおのずと相手は限られる。真っ先に思い浮かんだのは、昴流だ。

その後はもう歯止めもかからなかった。譲の目が誰を追っているのかつい探ってしまう。柄にもなく嫉妬して、譲を昴流から遠ざけようとさえした。

「だから昴流とお前をしばらく現場で一緒にさせたくなかったんだ」

そう言葉を締めくくった新開を、譲は信じられない思いで見詰める。それでも新開がなかなかこちらを見てくれないので、恐る恐る新開のスーツの裾を引っ張った。

「あの、じゃあ、社長は本当に……僕を……その……」

「好きだ」

何か吹っ切ったように顔を上げ、新開は迷いもなく即答した。

真正面からこちらを見る新開の顔には揺るぎがない。芯の通った声はいつだって誠実で、人を信じさせる力がある。

この人の、こういう顔が何より好きだと改めて思ったら、疑う気など一瞬で失せた。

「う……嬉しい、です……」

目の周りが熱くなり、視界が歪む。言葉より正確に本心を伝える譲の顔を見て、新開が微かに笑った。負けを認めたような笑い方だった。

「――……俺も嬉しい」

囁いて、新開が唇を寄せてくる。

三回目のキスにしてようやくまともに目を伏せれば、優しく唇を押し包まれた。すぐ側で新開の息遣いを感じ、互いの距離の近さを意識する。おずおずと指を伸ばして新開の腕に触れると、譲の動きに気づいたのか、新開の唇が微かに動いた。笑ったのかもしれない。

唇を重ねたまま、前触れもなく新開が譲の腰を抱き寄せた。互いの体がぴたりと寄り添って心臓が跳ね上がる。唇を触れ合わせたまま、新開が潜めた声で囁いた。

「腕、俺の首に回せ」

そんな映画みたいな、と気恥ずかしく思ったが、色事に不慣れな譲は言われるままにぎこちなく新開の首へ腕を回す。

新開が前より強く譲を抱き寄せてくる。胸が、腰が、太股が密着する。服の向こうから伝わってくる新開の体温は熱い。それに反応して、譲の体も熱くなる。唇の端から溜息を漏らしたら、その隙を狙っていたかのように新開の舌先が口内に押し入ってきた。

「んぅ……」

奥深くまで含まされた舌が、とろりと譲のそれに絡みついた。肉厚な舌は器用に譲の舌をからめとり、上顎をこすって、舌先をくすぐるように舐めてくる。

譲の性感帯を探るような、ゆったりとした動きだった。舌の側面など思いも寄らない場所を舐められ譲がわずかに反応すると、執拗なくらい同じ場所を責めてくる。

「ん……ん……」

溺れそうになって新開の後ろ髪を摑む。体が熱い。新開に翻弄《ほんろう》されるばかりで何も返せない。少しでもいいから応えたいと頭の片隅で思っていたら、新開がわずかに身を引いた。

唇が離れ、思わず譲はそれを追う。目一杯背伸びをしてなんとか唇を重ねると、口元を柔らかな風が掠めた。見上げれば、新開が笑いを含んだ目でこちらを見ている。

慌てて踵を下ろすと、新開が喉の奥で笑いながら譲の首筋に顔を埋めてきた。

「前に押し倒したときもそうやって必死で応えようとしてたな」

「ふ……不慣れなもので、すみません……」

「突き飛ばすどころかすがりついてくるから、あのときはこっちまで本気になりかけた」

首筋に新開の吐息がかかってそわそわした。肩を竦めれば、耳の下にきついキスをされる。うっかり出そうになった声を、唇を嚙み締めなんとか堪えた。

譲の反応などすべて見越しているかのように、耳元で新開がひっそりと笑う。

「今日は本気になってもいいな……？」

耳に流し込まれる声は甘い。背筋を震えが駆け上がる。何も考えられず首を縦に振りかけたが、直後譲を抱く腕が緩んだ。

「なんてな。冗談だ。親父さんたちが家で待ってるんだろう?」

そう言って、新開は笑いながら身を離そうとする。ホテルに入ったのはあくまでも、人目につかぬ場所で譲の気持ちを確認するためだけだったらしい。

当たり前だ、とは思う。告白してすぐホテルに向かうなんて、普段の譲なら性急すぎると驚いただろう。桐ケ谷家では、まだ婚前交渉という言葉が生きている。

頭では新開の態度を誠実だと思うのに、胸で不満が渦を巻く。今新開と別れたら、好きだと言われたことが信じられなくなってしまいそうで、もう少しこの現実に浸っていたかった。

また明日会社で会えるとしても、ここで別れてしまうのはひどく淋しい。

そういう想いを込めて新開を見上げてみたのだが、新開は宥めるように譲の頰を撫でただけだ。子供をあやすような態度は、強引にことを進める気がないことを物語っている。

ならばとばかり、譲はスラックスのポケットに入れていた携帯を取り出した。勢いに任せてダイヤルしたのは自宅の番号だ。電話に出た母親に声をかけつつ、何事かとこちらを見る新開の目を真っ直ぐに見上げる。

「ちょっとこれから、社長の家に行くことになったんだけど……そう、仕事のことで」

新開が目を瞠る。譲は一歩も引かない顔で、滅多につかない嘘を重ねた。

「社長の家、会社に近いから終電がなくなったらそのまま泊めてもらう。だから先に休んでて。……今日はありがとう。ご飯美味しかった」

おやすみ、と告げて、電話を切った。

途中からすっかり渋い顔になっていた新開は、片手で顔を覆うとくぐもった声で呟いた。

「……朝までここで一緒に過ごせっていうのか？」

「朝まででなくても……もう少しだけ、一緒にいられませんか？」

「お前、ここをどこだと思ってる」

言われてようやく譲は室内を見渡した。部屋の中央に大きなベッドが置かれたここは、見紛うことなきラブホテルだ。

「最初に言っただろう。俺はお前を押し倒したいと思ってる。そんな相手とこんな場所に長くいて、何も起こらないとでも思ったか？」

「それは――……」

あけすけな言葉に首筋が赤く染まった。怯えがないと言えば嘘になる。だがそれ以上に、今は新開と離れがたい。

譲は床に視線を落とし、震える手を伸ばして新開のネクタイに触れた。

「……社長が本当に僕をそんな目で見てくれているのか、確信が持てません」

「言葉より態度で示せってことか。構わないが途中で待ったはなしだぞ」

わざと脅かすようなことを言う新開を、譲は決死の覚悟で見上げた。

「社長の思う通りにしてください」

不意を衝かれたような顔をする新開のネクタイを掴んで下に引く。よろけて近づいたその頬に、背伸びをしてキスをした。子供じみた誘い方しかできない自分をふがいなく思ったが、これが譲の精一杯だ。

現場で役者たちの上級テクニックを目の当たりにしている新開だ。鼻で笑い飛ばされることも覚悟したが、室内に響いたのは思いがけず低い声だった。

「……箍《たが》を外したのはお前だからな？」

意味を問い返す前に後ろ頭を掴まれた。怖いくらい真剣な目をした新開の顔が迫る。後の言葉は、深いキスに呑み込まれて声にならなかった。

性経験のない譲だが、ＡＶの製作に関わる中で行為の全容は理解しているつもりだった。しかしやはり、見るのとやるのは大分勝手が違うらしい。

ベッドの上で四つ這いになり、譲はシーツを噛んで違和感をやり過ごしている。背後では新開が、ローションでたっぷりと濡れた指で譲の後孔をほぐしていた。

洋服は、ベッドに上がるなり新開にすべてはぎ取られた。あまりの手際のよさに恥ずかしがる暇もなかったが、新開の裸体を目にするや、自身の体を隠すことなど失念した。昴流との撮影で見たときも体格がいいとは思ったが、間近で見るとまるで迫力が違う。

緊張はしたが、布地に邪魔されることなく素肌で抱き合うのは気持ちがよかった。

新開の肌は熱く、その腕の中でキスを受けていると、緊張で冷え切っていた指先が溶けていくように熱を取り戻した

新開は譲が望むだけ、何度でもキスに応じてくれた。最後は呆れたように笑いながらも愛《いと》しげに唇を啄んでくれて、もう本当にどうなってもいいと思ったのだが。

あれが前戯というものかと身をもって譲は学習する。たった今受けている行為に比べたら、確かに戯れのようなものだ。それともこの行為もまた前戯の一環なのか。

埒《らち》もないことを考えていると体の奥深いところで新開の指が蠢《うごめ》いて、譲はシーツを握り締めた。

時間をかけてくれているので痛みこそさほどないが、違和感と圧迫感にはなかなか慣れない。そしてそれ以上に、新開の眼前にすべて晒しているこの体勢に猛烈な羞恥を覚える。

「し……社長、もう……いいですから……」

噛んでいたシーツを離して譲は訴える。肩越しに振り返って涙目を向けてみたが、新開は優しげに笑うばかりで応じない。

「もう少し慣らした方がいい」

「でも、さっきから、僕ばっかりで……」

気にするな、と新開は首を伸ばして譲の耳元にキスを落とす。背中に新開の熱い胸が触れ、抗議の声は溜息とともに溶けてしまった。

ゲイではない、と新開は言ったが、ＡＶ業界に長くいるだけあり、さすがに場数は踏んでいる。同性の譲に触れるにも戸惑いがない。うろたえたのは譲だが、待ったはなしだと最初に新開に言われてしまったので、一度も制止の言葉は口にしていなかった。

「そういえば、ＥＤ治ったんだな」

譲の背中にのしかかったまま、新開が譲の耳の裏で囁く。新開から与えられる刺激が強すぎて自分の下半身がどうなっているかも自覚していなかった譲は、緩く勃ち上がったものを掌で包み込まれて背中を仰け反らせた。

「ひ……ぁ……っ」

長らく放置されていた場所に触れられて、腰骨の奥から甘い痺れが滲み出た。中にあった新開の指を締めつけてしまい、節の高い指の感触をリアルに感じてまた短い声が漏れる。

新開は、中でゆっくりと指を回しながら譲の背中に口づける。

「あ……そ、そこは、くすぐったい…っ…ので……」

「ん、そうか」

新開は引き下がるどころか、薄く肉のついた譲の背に柔く歯を立てる。譲が背筋を弓形にすると、背骨の形を辿るように舌を這わされた。

「あ……ぁ……あ……っ」

ゆっくりと指が引き抜かれ、同じ速度でまた押し込まれる。

長く慣らされたおかげで、譲の内側はすっかり柔らかくほどけている。痛みはなく、充血した内側を押し上げられると腰に震えが走った。新開の指を根元まで含まされると、腹の奥がむずむずと落ち着かない。

ときどき、指先が掠めるだけで腰が跳ねるポイントがあって、そこに触れられると爪先に電流が走ったように下半身が痺れた。痛くはないが、刺激が強すぎてつい涙声を上げてしまう。そのせいか、新開もたまにしか触れてこない。

ゆるゆると奥をかき混ぜられると、心臓まで押し上げられるようで息苦しい。けれどそれ以上にぞくぞくする。口の中に指を押し込まれたときに似ている。苦しいのと同時にいやらしい気分にもなる。自然と体が快感を求め、やんわりと握り込まれた雄を新開の掌に擦りつけてしまいそうになって狼狽した。

小さく震える譲の背中に、新開は余すところなくキスをする。濡れた吐息が辿った場所を、遅れて熱い舌が這う。身をよじると深々と埋め込まれた指の角度が変わって、指先が例の痺れるような場所を押し上げた。

「あっ、んん……っ」

ごく弱い場所でそこを刺激され、譲はシーツを握り締めた。逃げそうになる腰を後ろからがっちりと摑まれ身動きがとれない。柔らかな肉を掻き分ける、濡れて卑猥《ひわい》な音が室内に響く。新開の手に包まれた前が張り詰めていくのがわかった。

「あ……はっ……ぁ」

強すぎる刺激に目の前がちかちかする。口を開いても上手く息が吸えず、唇の端からつぅっと唾液が落ちた。背後で新開が喉を鳴らす音がする。

「きついか……?」

シーツに横顔を押しつける譲の頬に新開が唇を滑らせる。心配そうな声だった。

譲は首を横に振るが、実際は快と不快の区別がつきづらい。息苦しくはあるが痛くはない。早くどうにかしてほしいような、ずっとこのままでいたいような、曖昧な感覚だ。

浅い呼吸を繰り返し、譲は肩越しに新開を振り返った。

ホテルに入ってから大分経ち、さすがに新開は酔いが引いているようだが、譲は逆に体内のアルコール度数がどんどん上がっていくような気がしている。

汗で額に貼りついた譲の前髪を、新開の大きな掌が掻き上げる。

新開に撫でられるのは気持ちがいい。その一瞬だけは自分のとんでもない体位も忘れ、譲はわずかに目を細めた。どうした、と尋ねてくる新開の声も、いつになく優しく甘い。

「社長と、こんなに長い時間二人きりでいるのは、初めてなので……」

嬉しいです、と呟いて、譲は口元をほころばせた。

社長として一企業を担う新開は忙しい。会社では忙しない新開の視線を、強引にでも自分に縫い止めてみたかった。その願いが叶ったと、譲はとろりとした目で微笑む。

新開はつくづくと譲の顔を見詰めた後、口元に微かな笑みを刻んだ。

「……プライベートな時間でよければ、全部お前にやる」

言葉とともに指を引き抜かれ、譲は心許《こころもと》ない声を上げる。

「どうせもう、仕事の時間以外はお前のことしか考えられない」

今、何かとんでもないことを言われたような気がしたが、上手く理解できなかった。深く呑み込まされていた指を引き抜かれ、追いすがるように腰が震える。代わりに後ろの窄《すぼ》まりに新開の昂ぶりが押し当てられ、瑣末《さまつ》な疑問など蒸発した。

「あ……っ」

圧迫感に、背中の産毛が逆立った。いよいよのっぴきならない状況に追い込まれたことを知り、期待とも不安ともつかないものが胸を占める。

「力抜け。なるべくゆっくりする」

囁いて、新開が譲の耳を口に含む。耳の襞に舌先が滑り込み、柔く噛まれて譲は目を眇めた。耳元で上がる濡れた水音に卑猥な気分を掻き立てられる。耳に触れる息遣いは乱れていて、新開も興奮しているのだとわかって胸が一杯になった。

「あ……ぁっ……ん……」

熱くて硬い、表面の滑らかなものに隘路《あいろ》が押し開かれる。さすがに痛い。

怖いのは、この痛みがどこまで大きくなるのかわからないことだ。痛みに際限はなく、最後は体が裂けてしまうのではないかという不安が頭をもたげる。

恐怖から目を背けるように硬く目を瞑ったら、新開の掌が移動して譲の胸に触れた。

「ひ……っ⁉」

胸の突起を撫でられ、予想外の行為に譲は瞑ったばかりの目を見開いた。

指先で先端を転がされ、むず痒いような感覚に身をよじる。その間も新開はじりじりと腰を進めてくるものだから、どちらの刺激に集中すればいいのかわからない。

それ以前に、女性のような柔らかい膨らみもない胸を触って新開は楽しいのだろうか。むしろ真っ平らな胸を撫で、興が削《そ》がれてしまうのではないかと不安になった。

「社長……そんな……た、楽しくないでしょう……？」

「……何がだ？」

胸の尖りをゆるゆると捏《こ》ね回しながら、新開は譲の首筋にキスを繰り返す。譲はそれに答えようと口を開くが、掠れた喘ぎが漏れるばかりで言葉にならない。

新開に弄られている胸の先端が、芯を持ったように硬くなる。指先でつままれると、ひどくいやらしい気分になった。そうでなくとも、後ろからゆっくりと押し入ってくる新開自身が熱くて思考を溶かす。ローションをたっぷりと使っているおかげで滑りがよく、思ったほどに引っかかりもない。これ以上の痛みはないだろうと見当がつけば恐怖も引き、もっと奥まで、と誘うように体がうねる。

「……で、何が楽しくないって?」

いつもより甘い低音で新開に問われ、譲は睫毛の先を震わせた。鼓膜まで性感帯になってしまったようで、新開の声だけで背筋がざわめく。

「ぼ……僕の体は……女性のように、柔らかくないので……た、楽しくないかと……」

切れ切れに答えれば、短い沈黙の後グッと新開が腰を進めてきた。

「あぁっ……!」

途中まで押し込まれたものを、今度はじっくりと引き抜かれて譲は背中を仰け反らせる。新開の手が移動して譲の下肢に触れた。勃ち上がったものを撫でこすられ、譲は高く艶めいた声を上げる。耳元で、新開がひっそりと笑った。

「これだけ従順に反応してくれる体が、楽しくないわけないだろう」

「ん、で、でも……か、硬い……っ、ですし……ぁうっ」

「こんなに柔らかくて、熱いのにか」

新開が譲の体を揺すり上げる。その声には荒い息が交じっていて、譲の胸に熱いものが込み上げる。新開は今、どんな顔で自分を抱いているのだろう。顔が見たい、と切に思う。

「社長……っ、せ、正常位がいいです……!」

「……言葉を正しく使おうとする姿勢は認めるが、こういうシーンでその台詞はどうかと思うぞ」

譲の突拍子もない発言にはもう慣れてきたのか、新開は苦笑とともに自身を引き抜き、譲の体をひっくり返す。

「これでいいか？」

真上からこちらを覗き込んでくる新開は、雰囲気をぶち壊した譲に呆れるでもなく、むしろ愛しげに笑っている。

最初に好きになったのは、新開のそういう器の大きなところだった。今更そんなことを思い出し、両手を伸ばして掌で新開の頬を包む。促すまでもなく新開が身を倒し、唇より先に舌が絡まるようなキスをした。

キスの途中で両脚を抱え上げられ、再び新開が腰を進めてくる。口内深く舌を含まされ、新開自身も呑み込まされた。痛みより、全身で新開を受け入れていることに陶然として、譲は喉を逸らした。

「ん……ぅ……んっ」

優しく揺らされ、ときどき舌を甘噛みされる。ふいに襲う高波にさらわれるようで、新開の首に腕を回してしがみついた。最後は勢いをつけて最奥を突かれ、喉の奥からくぐもった声が漏れた。絡まった舌がほどけ、新開が譲の顔を覗き込んでくる。

さすがに新開も苦しそうな顔をしている。息が荒く、唇も赤い。何かを耐えるように目を眇める表情に、雄の色気が漂っていた。視線が絡まるだけで鼓動が乱れる。

腹の奥がじくじくと熱い。内側がきゅうきゅうと新開を締めつけて、そのたびに新開が軽く眉を寄せる。

自分相手に息を乱す新開を見ていたら堪らなくなって、譲は新開の腰に内股を擦りつけた。誘うような仕草に、新開が軽く息を呑む。

「おい……こら」

「社長、撮影中はそんな顔……しなかったので……」

カメラの前で昴流を押し倒したとき、新開の唇は赤くなかった。こんなにも、切羽詰まった顔で相手を見ていなかった。それでも十分胸は痛んだものだが。

当たり前だろう、と新開が呆れたような声を出す。当たり前なのか、と思ったら胸が震えた。抜群に見栄えのする昴流ではなく、自分相手にそんな顔をするのか。

「……そう、で、すか……」

うっかり鼻にかかった声になった。こんなことで嬉しすぎて涙声になるなんてどうかしている。取り繕おうとしたら、目元をべろりと新開に舐められた。

驚いて目を上げれば、新開が自身の舌をちらりと舐めたところだ。赤い唇に目を奪われる。譲の目線を承知した顔で、新開は唇に薄く笑みを刷いた。

「俺が本気になったのが、そんなに嬉しいか」

新開の顎先から、ぱたりと汗が落ちる。硬い肩をぐっと押し上げ汗を拭う所作に男の色気が漂って、見惚れてうっかり本心のまま頷いていた。

唇に笑みを残した新開が、そうか、と目を眇める。その奥に、熾《お》きのような火がちらついた。

「――……芯から俺のもんにしちまいたいと思ったのは、お前が初めてだな」

低く甘やかな声に背筋を震わせたら、前触れもなく突き上げられた。

「ひっ、ぁ……っ、ま、待ってくださ……っ」

「待ったはなしって、最初に言ったたな？」

ベッドが鈍く軋んで、譲は新開の首筋にすがりついた。汗ばんだ首筋から立ち上る項の匂いにくらくらする。

「や、あっ、あぁ……っ！」

熱い塊に貫かれ、突き上げられて揺さぶられた。ぐずぐずに溶けた内壁が新開の雄に絡みつく。引き抜かれると嫌がって追いすがり、押し入ってくるそれを悦《よろこ》んで受け入れる。その間も新開は譲の頬や耳元や首筋にキスの雨を降らせ、体が歓喜で震え上がった。

好きな相手に求められることがこんなにも甘く幸福なことだとは知らなかった。肉体的な快楽よりも、胸に満ちる充足感で全身が蕩ける。体中で感じる新開の匂いや、体温や、固い抱擁に体温が上がっていく。

「あ……あぁ……や……あぁ――……っ」

激しくなる新開の動きに引きずられるように、体の奥からじわじわと甘美な疼きが湧き上がってくる。指先まで痺れたようで、新開の首を抱く腕から力が抜けた。その隙を狙い、新開が譲の首筋に唇を滑らせる。唇はさらに下降して、譲の胸の突起に辿り着く。

「あっ！　ひ、ぁ……っ」

尖った先を口に含まれ、とろりと舌で舐められた。初めて触れられたときはくすぐったさしか感じなかったはずなのに、今は軽く吸い上げられただけで腰の奥がぞくぞくと震える。そうされながら突き上げられると苦痛と快感がとろりと溶け合い、やがてそれは譲の知らなかった濃厚な快楽へと変化する。

「あっ、ん、あぁ……っ」

「よさそうだな……？」

顔を上げた新開が、譲の顔を覗き込んで目を細める。新開の息も弾んでいて、また胸が甘く締めつけられた。体の奥深いところを硬い切っ先が出入りするたび、爪先に電流が走る。柔らかな肉で受け止めた新開の雄は熱く、体が内側から溶かされそうだ。

そんなさなかに新開が譲の下肢に触れてきて、譲は大きく目を見開いた。

互いの腹の間でゆるゆると擦れていたそれはすっかり硬直して、新開の手で扱かれると大きく体が仰け反った。中にいた新開のことも締めつけてしまったようで、新開がわずかに眉根を寄せる。

「あっ、や、社長……っ、あぁっ……！」

感じ入ったような声で呟かれて、全身の血が沸騰しそうになった。止めようにも、新開が雄を上下に扱きながら力強く突き上げてくるので何ひとつ言葉にならない。

長らく放置されていたせいか、雄を扱かれる快感は凄まじかった。中にいる新開を痙攣するように何度も締めつけてしまい、押し入ってくるその硬さを前より鮮明に感じてしまう。

「……凄いな、きつい」

「や、やめ……っ、あっ、いや……ぁ……っ！」

「……そんなとろとろな顔で言われても、信憑性《しんぴょうせい》に乏しいな」

荒い息の下から、新開がからかう口調で囁く。譲も自覚していた。今や苦痛を快楽が凌駕《りょうが》して、きっと自分はひどく淫蕩《いんとう》な顔をしている。柔らかく蕩けた肉は新開を奥深くまで呑み込んで、もっととせがむように甘く締めつける。それに応えて新開が手加減なしに突き上げてきて、快楽に染まる表情を取り繕うこともできない。

「ひっ、あっ……あぁ……やぁ——……っ」

これ以上ないほど深く自身を突き立てた新開が、柔肉を掻き回すように腰を回してきて、譲は全身を戦慄《わなな》かせる。体に張り巡らされた神経すべてが下肢に集中してしまったかのようだ。過ぎる快感は鋭さを伴い、譲を滅茶苦茶にする。

揺さぶられて爪先が宙を掻く。腰を引き寄せられ、さらに奥まで呑み込まされた。

切っ先が鋭敏な場所を抉り、脳天まで電流が走った。眦が裂けるほど大きく目を見開いて、その瞬間は声も出ない。堪えようもなく新開の手に欲望の証を叩きつける。

「……っ」

締めつけに新開が低く呻く。だがそれは一瞬のことで、脱力した譲の脚を抱え直すと新開は挿入をさらに深いものに変えてきた。

新開に揺さぶられるまま、譲は切れ切れの声を上げた。絶頂を迎え、過敏になった体により深い快楽が注ぎ込まれる。

今にも意識が飛んでしまいそうだったが、譲は懸命に指を伸ばして新開の髪を軽く引いた。それだけの仕草で、新開は譲の望んだとおり唇に深く口づけてくれる。

満たされて、譲はとろりと目を閉じる。キスの途中、互いの唇の隙間で新開が何か囁いた。半分意識が飛びかけていた譲には何を言ったのかわからなかったが、再び重ねられたキスが溶けるほど優しかったので、口の端に安堵の笑みを浮かべる。

覚えているのはそこまでで、意識は波にさらわれるように、ゆっくりと遠ざかっていったのだった。

梅雨《つゆ》が去り、季節はいよいよ本格的な夏になった。

譲が企画したDVDが世に出回るのも間もなくだが、ジャストエンターテインメントでは休むことなく新しいタイトルの企画会議が行われている。

ホワイトボードの前に座った新開が、「で、次の企画だが……」と切り出すなり、円座になっていた大場、熊田、根岸の三人が一斉に手を上げた。

「はいっ！　俺は団地ものがいいと思います！」

「俺はSMを全力で推す！」

「そろそろ街に出て素人の近親相姦《そうかん》ものが撮りたいです」

毎回飽きもせず同じような提案をする社員たちを一瞥し、新開は隣に座る譲を見遣った。

「桐ケ谷は？　何かあるか？」

「昔の恋人との再会ものとかどうでしょうか」

「……お前もなかなかぶれないな」

呆れたように呟く新開に、珍しく根岸が絡んできた。

「だったら社長は。何か案ないんですか」

抑揚なく問う根岸に、大場と熊田も乗ってくる。

「そうだよ、社長もなんか出さないと！」

「すっかり議長面してるけど、お前だってたまには参加しろって！」

「参加はしてるだろう、毎回」

一応反論してから、新開は天井を仰ぐ。しばし沈黙してから、新開はちらりと譲を見た。含みのある目線を向けられ、譲は心臓をどきつかせる。新開は譲にだけわかるように微かに目を細めてから、熊田たちに顔を戻した。

「秘書ものなんてどうだ。社長秘書」

「お、いいね」

「おっとりしてるが仕事はきっちりこなす秘書だ。おぼこいが、体は快楽に従順でエロい。ベッドでは、『社長、社長』って半分べそかきながらすがりついてくる」

「うわー、いい設定！」

「努力家だが、少し抜けてる。ついでに社長に本気で惚れてる」

「……僕も嫌いじゃないな、それ」

熊田、大場、根岸が次々と賛同の声を上げる。

「しかしえらく具体的だな」と首を捻る熊田にぎくりとしたのは譲だ。当の新開は平気な顔で、「イメージつきやすくていいだろ」などと言っている。

結果、今回は新開の案が採用されることになり企画会議は終了となった。

会議が終わるなり譲は倉庫へ向かう。新開の意味深な視線と、どことなく自分を髣髴《ほうふつ》とさせる社長秘書のキャラクターにいたたまれなさが募ったからだ。

倉庫の壁際に並ぶ棚から宣材写真を探していると、新開がやってきた。

「どうだ。今朝頼んでおいた写真、見つかりそうか?」

「……問題ない、と、思います」

譲は棚に目をやったまま途切れがちに答える。新開は素知らぬ顔で譲の隣に立ち、一緒に目当てのファイルを探し始めた。横目で窺ってみれば新開は面白そうに笑ってこちらを見ていて、ついつい咎めるような声が出た。

「……どうして会議であんなこと言ったんです」

「なかなか名前で呼んでくれないお前が悪い」

新開は最近、譲に名前で呼ぶよう求めてくる。特に情事の最中に社長と呼ばれると、なんだか企画もののAVに出ている気分になるそうだ。

「うっかり会社で口を滑らせたら困るので、呼べません……」

「会社でも名前で呼んでくれて構わない。熊さんだってたまに俺を名字で呼ぶだろう」

「熊田さんは社長が平社員だった頃から一緒に働いてたから変じゃないだけです」

「敬語で拗《す》ねられるとますますAVに出てくる秘書っぽいな」

完全にからかわれている。少しぐらい睨んでやろうかと思ったが、楽しそうに笑う新開の横顔を見たらそんな気も失せた。こんなふうに会社で新開と二人きりになれたというのに、不機嫌な表情を作っているのは難しい。想いが通じた今、新開の隣にいると嬉しくて、堪えようにも頬が緩む。

「……おっとりはしてるかもしれませんが、エロくはないですよ」

棚に視線を戻して話題を変えると、新開が喉の奥で低く笑った。

「自覚がないってのは恐ろしいことだな」

「は……半べそもかかないです」

「そうだな。ほとんど本気で泣いてるもんな」

逐一訂正され、首筋がかぁっと熱くなる。視線を横に向けると、再び新開と目が合った。

「社長に本気で惚れてるのは間違いないだろ？」

おかしそうに笑って新開は言う。違う、と首を振れたらまだ格好もつくのだが、譲は嘘が苦手だ。こと新開のことになると本音を隠せない。

黙ったまま、こくりとひとつ頷いた。それを見た新開が、いきなり両手で譲の耳を塞いでくる。驚いて目を上げると、新開が眉尻を下げて笑っていた。

新開の唇が動く。何か言っているが、耳をふさがれた譲には聞こえない。

「本当に、仕事以外はお前のことしか考えられなくなった」、という途方もない惚気《のろけ》は、唇の動きも読めない譲にはわからない。わかったのは何事か呟いた新開が愛しげに笑ったことくらいだが、それだけで譲も笑顔になるには十分だ。

「社長！　おーい、電話だぞ！」

新開が譲の耳から手を離すと、室内にうっすら漂う残響を掻き消すかのような熊田の大声が事務所から響いてきた。たちまち新開は表情を切り替え、「じゃあ、写真は頼む」と踵を返す。そのまま出ていくかと思いきや、ふと思いついたように足を止めた。

「桐ケ谷、週末車出してやるから、少し遠出でもするか？」

「えっ……、は、はい！　ぜひ！」

「じゃあ、どこか行きたいところでも考えておいてくれ」

突然の申し出に舞い上がり、激しく頷く譲に目を細め新開は部屋を出ていく。ひとり倉庫に残された譲は、新開の言葉を反芻して口元に手を当てた。

（……それはもしかして、デートというものでは）

新開と食事や買い物に行ったことは何度かあったが、車で遠出は初めてだ。ファイルの並んだ棚の前でふわふわと幸せの余韻に浸っていると、倉庫に大場がやってきた。

「桐ちゃん、電話。貸衣装屋さんから」

「はっ！　はい！　今行きます！」

緩み切った頬を引き締め事務所に入ると、電話をする新開の背中が目に飛び込んできた。

週末はどこへ行こう、と弾んだ気持ちで考えていた譲は、次の瞬間はっと目を見開く。

（デートに行く途中で事故かトラブルに巻き込まれて、なかなか目的地に辿り着けない話なんてどうかな……男性の方がやきもきして、途中で妄想って形で濡れ場を挟むとか）

楽しいデートの計画が、次の企画会議で提案する内容にとって変わる。一瞬考え込んだも

の の、保留状態の電話を思い出し慌てて受話器を取った。だが、手元のメモ帳に『デートで妄想』と書きつけることは忘れない。

少しずつ、でも確実に職場になじんでいく自覚もなく、譲は快活に電話に出る。

その横では、譲の謎のメモを眺めた新開が楽しそうに笑っていた。

あとがき

夏バテしないように甘酒を作って飲んだら軽く酔っ払った海野です、こんにちは。飲む点滴と言われるほど栄養価が高い甘酒。今年は猛暑だし、甘酒を飲んで乗り切らなければ！　と思ったまではよかったのですが、なぜか市販の甘酒ではなく酒粕を買ってきて、手作りしてしまったのがよろしくなかったようです。

酒粕って意外とアルコール残ってるんですね……！

たまたま見つけたレシピと、私が購入した酒粕の相性が悪かったのかもしれません。さらに悪いことに空きっ腹に流し込んだもので、割と本気でグラグラしました。

その後出かける予定が入っていたので、ちゃんと時間までに素面に戻れるのかな？とドキドキしたものです（外出先で誰にも気取られない程度には抜けました）。

いつの間にかすっかりお酒が弱くなっているような……そんな寂しさをうっすら感じつつ書きました本作ですが、お楽しみいただけましたでしょうか。

これまでにもいろいろなお仕事のお話を書かせていただきましたが、今回は群を抜いて実情がわかりにくい職種でした。

大抵は本屋さんに「○○になるには」といった本が売っていて、その職業に就くにはどんなステップを踏むのが一般的か、実際どんな仕事をするのか詳しく書かれているのですが、さすがに「AV業界に入るには！」みたいな弾けた本を見つけるのは難しく、資料探しに難航した記憶があります。

そんな今回のお話にイラストをつけてくださった篠崎マイ様、ありがとうございます！　実は今回のお話はかなり難産でして、ほぼ全面改稿の状況に陥りヘロヘロになったりもしたのですが、「しかしこれには篠崎先生の絵がつく！」と思うとやる気が湧きました。すごい効果だ……！　と我ながら目を見張るほどでした。

そして末尾になりますが、この本を手に取ってくださった読者の皆様、本当にありがとうございます。ちょっと疲れたときに甘酒を飲んで栄養補給するように、本を閉じた皆様に少しでも元気になっていただけましたら幸いです。

海野　幸

本作品は書き下ろしです

海野幸先生、篠崎マイ先生へのお便り、
本作品に関するご意見、ご感想などは
〒101-8405
東京都千代田区三崎町2-18-11
二見書房　シャレード文庫
「いかがわしくも愛おしい」係まで。

CHARADE BUNKO

いかがわしくも愛《いと》おしい

【著者】海野幸《うみのさち》

【発行所】株式会社二見書房
東京都千代田区三崎町2-18-11
電話　03(3515)2311［営業］
　　　03(3515)2314［編集］
振替　00170-4-2639
【印刷】株式会社 堀内印刷所
【製本】株式会社 村上製本所

落丁・乱丁本はお取り替えいたします。
定価は、カバーに表示してあります。

ISBN978-4-576-16145-7

http://charade.futami.co.jp/